Die Republikflucht

Ein Lebens-Geschichte, wie sie der
Alltag im real existierenden Sozialismus,
immer wieder indexierte.

Impressum

Alle Rechte und © Copyright beim Autor
Horst Reiner Menzel Dieselstraße 8 71546 Aspach
Autor, Lyriker und Aphoristiker
doremenzel@gmx.de
Website: https://horst-reiner-menzel.jimdo.com, /

1. Auflage 2021
Herstellung und Verlag: BoD – Books on Demand,
Norderstedt
ISBN- 9783755753254
Cover-Bild: Die Luftbrücke in Berlin
https://pixabay
Andere Fotos: Siehe Angaben im Buch

Vorwort

Wer es nicht selbst erlebt hat, kann sich kaum vorstellen, was Menschen anderen Menschen antun, nur weil diese eine andere Ansicht vertreten, als die von einer Regierung gewünschte. Ja, diese Regierungen, sind auch noch der Meinung, alles zu deren Besten zu tun, um aus ihnen treue Ameisen zum Nutzen der Gesellschaft zu machen. Da gab es ja zunächst Könige und Kaiser, die sich das Volk untertan und abgabepflichtig machten. Danach kamen in Deutschland und in Österreich der Nazismus ins Land und zu allen Übeln dieser Welt, folgte im Osten Europas der Kommunismus. Der allerschlimmste und am allerlängsten andauernden Unterdrückungs-Apparat der Weltgeschichte und er ist bis zum heutigen Tage nicht besiegt. Doch je länger diese Ideologien in einem Staate vorherrschten, desto rabiater gingen sie gegen die eigene Bevölkerung vor, ja, sie hatten ihrer eigenen Doktrin folgend, überhaupt keine andere Wahl, wenn sie an der Macht bleiben wollten. Ja, sie mussten an der Macht bleiben, sonst galten die von Friedrich Schiller, in seinem:

„Lied von der Glocke" so trefflich gedichteten Verse:

Wenn sich die Völker selbst befrein',
Da kann die Wohlfahrt nicht gedeihn',
Weh, wenn sich in dem Schoß der Städte,
Der Feuerzunder still gehäuft,
Das Volk zerreißend seine Kette,
Zur Eigenhilfe schrecklich greift!
Da zerret an der Glocke Strängen,
Der Aufruhr, dass sie heulend schallt,
Und nur geweiht zu Friedensklängen,
Die Losung anstimmt zur Gewalt.
Freiheit und Gleichheit! hört man schallen,

Der ruhige Bürger greift zur Wehr,
Die Straßen füllen sich, die Hallen,
Und Würgerbanden zieh' n umher.
Da werden Weiber zu Hyänen,
Und treiben mit Entsetzen Scherz,
Noch zuckend mit des Panthers Zähnen,
Zerreißen sie des Feindes Herz.
Nichts Heiliges ist mehr, es lösen
Sich alle Bande frommer Scheu,
Das Gute räumt den Platz dem Bösen
Und alle Laster walten frei.
Gefährlich ist's den Leu zu wecken,
Und grimmig ist des Tigers Zahn,
Jedoch das Schrecklichste der Schrecken,
Das ist der Mensch in seinem Wahn.

Friedrich Schiller

Die Unterdrücker nehmen dabei in Kauf, dass mehrere Generationen in ihrer Lebensqualität schwerstens beeinträchtigt werden, ja sogar ihr Leben verlieren, wenn sie sich den Vorstellungen der Staatsmacht widersetzten. Dabei finden diese verbrecherischen Diktaturen, in der eigenen Bevölkerung immer willige Helfer, die machtbewusst und sich der Rückendeckung der jeweiligen Diktatoren sicher, die zu domestizierenden Völker rücksichtslos und noch im Glauben etwas Gutes zu tun, die Menschen noch schlimmer knebeln, als es die in Gesetze gegossenen menschenverachtenden Systeme vorgeben. Doch keine noch so straff geführte Diktatur hält ewig. Umso strenger die Repressalien, desto schneller versinken sie wieder im Staub der Geschichte.

Der Autor

1
Die Ursachen 1921 - 1945

Werner kannte Erika schon von der Schule her. Sie waren beide einige Zeit vor dem Ausbruch des 2. Weltkrieges in die „Schule geführt" worden. Die Eltern von Werner kannten die Familie Wohlig sehr gut, denn die betrieben in der Kleinstadt, ein gut gehendes kleines Kaufhaus, dass schon von Erikas Großvater, in der Gründerzeit eröffnet worden war und später in der dritten Generation von der Enkelin weitergeführt werden sollte.

Wie damals üblich, gehörte so eine Einrichtung zum Inventar jeder Kleinstadt, ja sie musste es auch geben, denn die Mobilität der Menschen beschränkte sich auf ihre beiden Beine. Wer ein Fahrrad besaß, war schon ein kleiner Krösus. Nun wurde dieses in langen Jahren angesparte Verkehrsmittel nicht etwa als Alltagsfahrzeug benutzt, sondern stand nur für besondere Fahrten zur Verfügung.

Man machte damit Ausflüge in die Umgebung oder fuhr in die Wälder zum Beerenlesen. Viele Zeitgenossen hatten auch Fahrradanhänger, um größere Lasten zu transportieren. So wie Heutige mit ihrem fahrbaren Untersatz in die Waschanlage gehen, war in jenen Zeiten jede Woche einmal die Fahrradpflege angesagt.

Sieht man sich heutige Fahrräder an, so erschrickt man als älterer Mensch, über die Nachlässigkeit seiner jüngeren Zeitgenossen. Während Autos noch gereinigt und in Werkstätten gepflegt werden, vernachlässigen Radler ihre Gefährte auf das Sträflichste. Da laufen dreckverschmierte schwarze rostige Antriebsketten, über abgenutzte Zahnkränze, es fehlen die Beleuchtungen und die Bremsen dieser armen geschundenen Zweiräder quietschen erbärmlich nach Wartung. Doch dieses die Sicherheit und die Leichtigkeit des Verkehrs beeinträchtigende Verhalten, hat Methode. In Filmen sieht man es ja, wie die lieben, kleinen Helferkein beim schnellen vorankommen malträtiert werden. Grundsätzlich werden sie in den Dreck geschmissen, statt ordentlich geparkt und gegen Diebstahl gesichert. Frühere Generationen bemühten sie noch ihren Kindern einen mühsam anzutrainierenden Ordnungssinn abzuringen. Heutige beschimpfen den Nachbarn, wenn der seine lieben Kleinen darauf hinweist, dass der hoffnungsvolle Nachwuchs solche Verkehrshindernisse aufbaut, die geeignet sind, älteren Menschen zu einem Oberschenkelhalsbruch zu verhelfen.

Vergeblich alles tun und sagen,
so wie die Eltern auch die Blagen.

Rei©Men2021

Ja, solche Fährräder verkaufte man auch im Kaufhaus, denn Fahrradhändler gab es noch keine in der Kleinstadt. Entsprechend schlecht war dann auch der Service an diesen Geräten.

War etwas kaputt, ging man zum Schlosser, schaute bei der Reparatur zu, bezahlte und fuhr wieder nachhause. In vielen Familien hatten sich auch schon findige Köpfe, die Fahrradreparatur selber beigebracht oder bei anderen abgeschaut. Im Übrigen galt der flapsige Spruch: „Wer seine Karre nicht liebt, der schiebt."

Erika hatte keine Geschwister, Werner auch nicht und wie das so ist, beachtete sie den Tagelöhners Sohn Werner, aus der Vorstadt überhaupt nicht. Ein wenig mochte hier der sogenannte Klassenunterschied, eine gewisse Rolle gespielt haben, aber dünkelhaft war die Familie Wohlig nie gewesen, denn sie kamen selbst aus sehr ärmlichen Verhältnissen und bildeten sich auf ihre Erfolgsgeschichte nichts ein. Sie beachtete ihn einfach nicht, weil sie Jungs explizit blöd fand. Alles was die so machten, sich raufen, Äpfel klauen, den Wald und die Fluren durchstreifen und Cowboy und Indianer wie bei Karl Mai spielen, fand sie nicht besonders intelligent. Nur ein einziges Mal trafen sie außerhalb der Schule aufeinander, als sie mit ihrer Freundin an einer ehemaligen aufgelassenen Kohlengrube, zum Schwimmen gingen. Dort hatte sich in den Sommermonaten eine wilde Badekultur entwickelt, weil die Grube, sich mit Grundwasser gefüllt hatte und sich in Ermangelung anderer Bademöglichkeiten, ideal zum Baden eignete.
Der Sommer war heiß und schwül, zog sich in die Länge und an den Abenden zogen Gewitter auf. Es blitzte und krachte markerschütternd. Oma meinte: Macht die Fenster zu, dann kommt der Blitz nicht ins Zimmer hinein. Die Menschen, damals noch nicht so mit der Physik des Wetters vertraut, beteten oder versammelten sich in der Stadtkirche. Aber gerade dort schlug es in den hohen Turm besonders oft ein, weil er einen Blitzableiter hatte. Der Stadtpfarrer nutzte die Chance und die Gelegenheit der Gemeinde den zürnenden Gott anzuflehen, damit er ihnen ihre Sünden vergeben sollte. Die Meisten hatten

9

überhaupt keine begangen, aber die Kirchenmänner waren immer schon darin geübt, die Menschen zu Sündern zu erklären. Drohten mit der ewigen Verdammnis und dem Fegefeuer, dass man nach dem Tode erleiden würde, wenn man Gottes Wort nicht achtete.

Klaus und Werner, noch in den Flegeljahren, so nannte man die heranwachsenden Jugendlichen damals, setzten noch einen drauf und versteckten die Oberbekleidung der beiden Mädchen, in einem Gebüsch und ließen jegliche Beschuldigungen und Vorwürfe an sich abgleiten. Die Mädchen rächten sich dann, indem sie ihnen die Hosentaschen mit nassem Sand auffüllten, während sie im Wasser waren. Nachdem sie nach einiger Suche, ihre Sachen wieder fanden, hatten sie sich schnellstens angezogen und wollten sich mit dem Fahrrad von Erikas Mutter verdünnisieren. Das war ihnen ausnahmsweise einmal zur Verfügung gestellt worden, weil der Weg zum Badeteich recht weit war. So strampelten die beiden, Inge hinten auf dem Gepäckträger sitzend davon und machten den Jungs eine lange Nase.

Am nächsten Schultag erzählten sie allen, die es hören wollten, von den Kohlen-Sandbrüdern Klaus und Werner, die an der aufgelassenen Kohlegrube, den mit reichlich Kohlenstaub durchsetzten Sand geklaut hatten. Die ganze Stadt lachte sich einen Ast und sie sollten diesen Titel nie mehr loswerden. Natürlich gab es daheim bei Werner und Klaus, beim Nachhausekommen noch ein Nachspiel, denn die Hosen der beiden mussten gewaschen werden, anders war der strenge Geruch von nasser Braunkohle, nicht aus den Wohnungen und aus den Hosen herauszubekommen.

Ein Jahr später brach der von den Deutschen provozierte II. Weltkrieg aus und die Väter von Erika ihrer Freundin Inge, sowie von Klaus und Werner wurden eingezogen und mussten in diesen unseligen Krieg ziehen. Während dieser Zeit, musste der Großvater Ottensen wieder ran und leitete erneut das Kaufhaus. Aber zu seinem Leidwesen, wurde die Warenproduktion immer mehr der Kriegswirtschaft untergeordnet und die Alltagsartikel kamen ins Hintertreffen, wurden nicht mehr hergestellt. Darunter litten alle Geschäfte in der Stadt, kamen selten genug mal Waren rein, ging die Nachricht wie ein Lauffeuer durch die Stadt, plötzlich waren alle auf den Beinen, jeder wollte der schnellste sein, um von dem unerwarteten Segen noch etwas abzubekommen. Geld war genug vorhanden, denn in den meisten Haushalten fehlten die Männer als Esser und

Verbraucher, aber ihr Wehrsold floss weiterhin zu den Familien. Das Geld war durch die aufgeblasene Kriegswirtschaft inflationär, sparen lohnte sich nicht, also gaben es die Leute für wertvolle Waren aus, die sie oft überhaupt nicht benötigten. Dadurch verschärfte sich die Mangelwirtschaft zusehends. Oft wurden die angehäuften Warenbestände auch wieder verkauft, oder gegen andere Waren getauscht, man wusste sich eben gegenseitig zu helfen.

Anfangs der 40er Jahre waren dann auch Klaus und Werner bei den Flakhelfern eingezogen worden und beschossen mit den 8.8 Flakgeschützen, die englischen und amerikanischen Bomberverbände. Die zwei Jahre jüngeren Mädchen, saßen währenddessen im provisorisch eingerichteten Schulbunker, bis die Angriffe vorbei waren, aber man hatte sich inzwischen etwas aus den Augen verloren, obwohl das in einer Kleinstadt etwas schwierig war.

Quelle: WikipädiA

Die Familien hatten nun andere Sorgen, als baden zu gehen. Der tägliche Kampf ums Überleben, stand im Vordergrund und erforderte den vollen Einsatz. Das Dritte Reich musste nun schon Hitlerjungen in den Kampf schicken, noch halbe Kinder, aber sie drängten sich ja geradezu auf, selbst ihre Mütter und Väter hießen diese Einsätze für „Führer, Volk und Vaterland" gut. Man berauschte sich an den Erfolgen, indem man an den Rohren der 8.8 Flakgeschütze, für jeden Abschuss einen farbigen Ring malte. Manche Geschützrohre hatten schon 10 oder mehr Ringe. Eines Tages fielen ein paar Bomben gezielt in die Stellungen der Geschütze und man war sogar noch stolz auf die gefallenen Söhne, die dann unsinnigerweise dann auch noch posthum mit Auszeichnungen bewehrt, mit Salut-Schießen, viel Trara und NS-Getöse, in Anwesenheit von Nazi-Propaganda-Größen, beerdigt wurden wie Nationalhelden. Selbst die Wochenschau war anwesend und feierte die toten Helden.

Klaus und Werner hielten sich bedeckt und überlegten, wie sie aus diesem Teufelskreis entfliehen konnten. Die Gelegenheit kam, als sie die beiden Rote Kreuz Helferinnen Erika und Inge zufällig wiedertrafen.

„Du sagte Klaus, wir melden uns zur Ausbildung beim DRK, dann sind wir aus der Schusslinie."

„Stimmt, du hast recht, wenn die uns zur Wehrmacht einziehen, bleiben wir auf dieser Schiene und machen auf Sanitäter, dann müssen wir nicht mehr schießen."

Das Wiedersehen mit den Mädchen gestaltete sich als ein einziges Feuerwerk von Schmähungen, ob der erlittenen Niederlage vom Baggersee. Doch die beiden blieben cool und luden die Jungs einfach zu einem Eis ins nächste Caffè ein. „Holla, was' n nu los", meinte Werner, der sich ob der Schmähkanonade nicht mehr auskannte.

„Vorsicht ist auf jeden Fall geboten", meinte Klaus, doch dann gingen sie neugierig geworden mit und waren sehr gespannt, was passieren würde. Die Mädels kamen schnell zur Sache und erklärten, dass sie in drei Wochen, am Samstag zwei Männer benötigten, die tanzen können. Da würde eine kleine Festivität im DRK-Gebäude stattfinden und sie hätten absolut keine Lust, sich von diesen NS-Kokardenträgern angrapschen zu lassen. „Nun ja, richtig tanzen können wir natürlich noch nicht", sagte Werner, aber Inge, meinte: „Wir machen einen Schnellkursus mit Euch, dass sollte reichen. Am besten, ihr kommt mit in unsere Volkstanzgruppe, da lernt ihr es ganz schnell."

An Flakhelfern herrschte keinerlei Mangel, denn der Nachwuchs aus der Hitlerjugend drängte nach, man wollte eben an allen Fronten mitsiegen. Doch die Ereignisse der letzten Bomben-Nächte, trugen dann dazu bei, dass sich die beiden beim DRK (Deutsches Rotes Kreuz) bewarben. Die Ummeldung von den Flakhelfern zum DRK erfolgte reibungslos, denn dort wurden sie nach ein paar Tagen, sofort in den allgemeinen Luftschutz-Rettung-Einsatz übernommen.

Damit hatten sie sich für ein Weilchen aus der „Schusslinie gebracht, mindestens für so lange, bis ihr Fronteinsatz, dann nach erfolgter fertiger Ausbildung als Sanitäter, folgen würde. Schon bald machten sie Bekanntschaft mit einigen Amerikanischen Flugzeugbesatzungen, die von ihren Flakkameraden abgeschossen worden waren. Dabei kamen ihnen ihre Englischkenntnisse aus dem Gymnasium zugute, wenn sie auf Soldaten der Gegner stießen, die noch lebten, weil sie sich mit Fallschirmen retten konnten. Unter ihnen und bei der Bevölkerung gab es bei den Rettungseinsätzen regelmäßig Verletzte, die versorgt werden mussten. Bei einem dieser Einsätze stießen sie auf einen amerikanischen Flieger, der gerade dabei war einen verletzten Deutschen zu verbinden. Sie staunten nicht schlecht, als sie ihn Fragten, ob er das Notfallpaket mitgebracht hatte.

„Yes we carry an emergency package in our uniforms."

„And why did they help a German?" fragten sie ihn.

„Because he is also a human being."

„Thank you very much, we will accompany them to the detention center and report on their help there."

„Thanks for your help, you are good guys, my name is Walter Cornerstone and now take it care."

Auf dem nächsten Polizeirevier, staunte man nicht schlecht, als die Beiden ihren „Gefangenen" ablieferten, über den Vorfall ausgiebig berichteten und darauf bestanden, dass alles ordentlich in das Übergabe-Protokoll übernommen wurde. In der Volkstanz-Gruppe, wollte man Klaus und Werner erst nicht glauben, was sie erlebt hatten, doch dann machte die Geschichte sehr schnell die Runde und in den nächsten Tagen wurde sie zum Stadtgespräch Nummer eins. Dieser Vorfall passte den Nazis überhaupt nicht und es dauerte nicht lange, dann wurden sie zum Verhör einbestellt. Man machte ihnen Vorwürfe, wie sie sich verhalten hätten, ja, man behauptete, sie hätten diese Geschichte erfunden, das wäre Wehrkraftzersetzung usw, - usf…..Doch sie ließen sich nicht einschüchtern und sagten den Verhörspezialisten, was sie in der Schule gelernt hatten: Das deutsche Jungen immer ehrlich zu sein hätten, das wäre ihre humanistische Grundeinstellung, von der sie nie abwichen. Man vergatterte sie, in Zukunft über den Vorfall zu schweigen, andernfalls usw, - usf…

Diesen frommen Wunsch der Nazikader konnten sie nicht erfüllen, denn der Vogel war nun einmal ausgeflogen und niemand konnte ihn wieder einfangen. Die kleine Geschichte von Walter Cornerstone, der Name deutete auf deutsche Vorfahren hin, die vermutlich Eckstein hießen, verbreitet sich sogar in England, und machte bald darauf sogar Schlagzeilen in Amerika. Shit happens, dumm gelaufen für die Nazis.

Das Brandenburger Tor

Der Reichstag

Quelle: wikipediA

In der Volkstanzgruppe, wurden sie als schlechtes Beispiel gelistet, weil sie einem feindlichen Amerikaner bekannt gemacht hatten, der einem Deutschen das Leben gerettet hatte. Das stellten jedenfalls die Ärzte im Krankenhaus fest, als der Patient eingeliefert wurde. Dort war man der einhelligen Meinung, dass er ohne diese Hilfe verblutet wäre.

Ramtataramtamtam, beim DRK-Tanzvergnügen, waren Klaus und Werner die Helden und wurden von den Damen wegengagiert, oder wurden sie abkommandiert? Keiner weiß das noch so genau, jedenfalls konnten sie sich vor Tanzpartnerinnen kaum retten und die beiden Mädchen schauten ein wenig pikiert zu, wie man ihre Kavaliere belagerte. Doch dann schnappten sie sich die Burschen und schleppten sie in die aufgebaute Hausbar, wo sie in der aufgeheizten Stimmung und nach diversen Likören, zu den ersten Küssen ihres Lebens kamen.

Bald nach der Ausbildung zu Sanitätern, machten Klaus und Werner das Notabitur und wurden danach an die Westfront eingezogen. Der Grund dafür waren wohl ihre englischen und französischen Sprachkenntnisse. Anfang des Jahre 1944 schob man dort eine verhältnismäßig ruhige Kugel, es passierte nicht viel, man war stattdessen mehr mit der Sicherung der Küstenlinien beschäftigt, denn von dort erwartete man den Angriff der Alliierten. Eine strenge Urlaubssperre war verhängt worden und so flatterten eine Menge Briefe von Klaus an Inge und von Erika an Werner in regelmäßigen Abständen hin und zurück.

Alle wussten, das war die Ruhe vor dem Sturm, die meisten deutschen Fliegerstaffeln waren nach Russland abgezogen worden und die Alliierten Bomberstaffeln verwandelten Deutschland in ein Trümmerfeld. Das Nazi-Regime, hielten die Ordnung und die Disziplin, nur noch mit Parolen und Erschießungen von sogenannten Defaitisten aufrecht. Genaugenommen, waren die beiden noch rechtzeitig, aus den eigentlichen

Krieg, dem Bombenkrieg herausgekommen. Nun mussten sie sich Sorgen, um ihre Familien und Angehörigen in der Heimat machen. Nach der Invasion der Alliierten über den Ärmelkanal, gab es für Sanitäter und die Lazarette jede Menge Arbeit.

Auch Inge und Erika wurden sozusagen, durch den Wolf gedreht und das in einem Alter, wo diese Dinge für habe Kinder, die kaum dem Elternhause entfleucht waren, ein unglaubliches Schockerlebnis waren. Sie mussten oft zusehen und assistieren, wenn Ärzte Gliedmaßen amputierten und Soldaten starben, denen niemand mehr helfen konnte. Die Feldpostbriefe kamen schon lange nicht mehr an und keiner wusste vom anderen, ob sie überhaupt noch lebten.

Beim schnellen Vorrücken der Front, mussten die Feldlazarette immer schneller zurückverlegt werden, kaum dass man einmal zum Durchschnaufen kam, musste man schon wieder zusammenpacken und umziehen. Die Deutschen waren nun keine stolzen Sieger mehr, sondern ständig auf dem Rückzug. Eine kleine Verschnaufpause ergab sich erst, als man die letzte Brücke über den Rhein bei Remagen, gerade noch so geschafft hatte.

Kurz danach sollte sie gesprengt werden, doch die elektrischen Zündschnüre versagten, weil sie vermutlich durch den Beschuss beschädigt waren. Das Ereignis ging in die Geschichte als „Wunder von Remagen" ein. Die noch halbwegs intakte Brücke ermöglichte den Amerikanern einen schnellen Vormarsch und verkürzte den Krieg um Monate.

Die berühmte Brücke von Remagen vor -

und nach dem Einsturz durch die Überlastung.

Quelle: WikipediA

Klaus und Werner hatten kaum eine Chance gehabt, noch mit ihrer Einheit über den Rhein zu kommen, sie wurden gleich zu Anfang, im nordwestlichen Frontabschnitt bei Cherbourg, vom weiteren Geschehen abgeschnitten und kamen in Gefangenschaft.

https://www.dhm.de/lemo/kapitel/der-zweite-welt-krieg/kriegsverlauf/landung-in-der-normandie-1944.html

Die alliierten Verbände wussten überhaupt nicht wohin, mit den vielen deutschen Gefangenen Soldaten. Mit diesen Menschenmassen, die gleich zu Anfang der Invasion in ihre Hände gerieten, hatte man nicht gerechnet. Deshalb evakuierte man sie mit den Versorgungsschiffen erst über den Ärmel-Kanal und danach gleich nach Amerika. Für Klaus und Werner war damit der Krieg beendet und es dauerte fast ein Jahr, bis sie mit ihren Familien Kontakt aufnehmen konnten. Kurz danach befanden sie sich wieder in Berlin-Köpenick, das von den Russen besetzt worden war, erneut in Gefangenschaft, wurden bedroht und verhört, vor allem weil alle, die aus Amerika zurückkamen, generell für Anglo-Amerikanische Spione gehalten und auch so behandelt wurden.

Die Mädchen Inge und Erika waren schon seit einiger Zeit zuhause, sie hatte sich während des Zusammenbruchs der Hitlerarmee selbst entlassen und waren einfach nachhause gegangen, denn sie mussten ja irgendwohin. Die Vier trafen sich innerhalb von Tagen und das obwohl die Zeiten noch ziemlich unruhig waren. Die Russen hatten für alle Deutschen eine Ausgangssperre verhängt. Wer nach 22 Uhr noch auf der Straße war, werde erschossen, so stand es in einem Erlass der russischen Kommandantur, der überall in der Stadt aushing. Ja- ja, in diesem Kriege wurde viel geschossen, egal auf wen und egal warum. Alle Deutschen waren schuldig, Täter oder Mittäter, scheißegal, man fragte Niemanden ob er zum Mittun gezwungen worden war, weil man ihn, wenn er nicht das gemacht hätte, was Hitler befahl, von den eigenen Leuten erschossen worden wäre. So einfach ist das, selbst heute noch, nach über 70 Jahren werden alte Leute von über 95 Jahren, vor Gericht gestellt, weil sie gezwungen worden waren, in Konzentrationslagern, Büro- und Schreibarbeiten zu machen. Natürlich waren auch überzeugte Nazis unter ihnen, Überzeugungstäter, die genau wussten was sie machten, aber wer will das heute noch beweisen, denn alle Zeitzeugen sind inzwischen auch verstorben. Viele schlitterten auch im allgemeinen Mainstream, in solche Positionen und bis sie merkten, auf was sie sich da eingelassen hatten, war es meistens zu spät wieder auszusteigen, denn das hätte ihnen erhebliche Repressalien eingebracht. Hinzu kam der allzu menschliche Erwerbstrieb, man musste ja auch von irgendetwas leben.

> Jeder Freut sich seiner Stelle,
> Bietet dem Verächter Trutz.
> Friedrich Schiller

Ein weiterer Beweggrund zu bleiben war, die über Jahrhunderte den Menschen eingeprägte, ja infiltrierte staatshoheitliche Gläubigkeit. Wenn der Staat so etwas anordnete, dann musste es richtig sein. Das ein preußischer Staat, in der Tradition eines Friedrich des Großen, Morde begehen konnte, war für die meisten Menschen jener Zeit unvorstellbar. Nun soll diese Einlassung nicht als Entschuldigung verstanden werden, aber es war der geistige Boden, auf dem diese Dinge geschehen konnten, weil sie eben für die meisten Bürger unvorstellbar waren. Vergleiche sollen ja bekanntlich hinken, doch ohne sie wären wir in unserer Argumentation aufgeschmissen. Wenn man sie nun fragt, wie konnte es dazu kommen, dass es in der DDR Menschen gab, die angeblich ohne Schießbefehl an den Sperranlagen, über 800 Flüchtende erschossen haben. Das war auch Mord, was ging in diesen Köpfen vor, müssten die Täter nicht auch zur Verantwortung gezogen werden? Was dann aber passierte, war ein einziges großes Wegsehen, Schwamm drüber, vergeben und vergessen. Eines nicht allzu fernen Tages wird es den Heutigen nicht erspart bleiben, auch die Geschehnisse aufzuarbeiten.

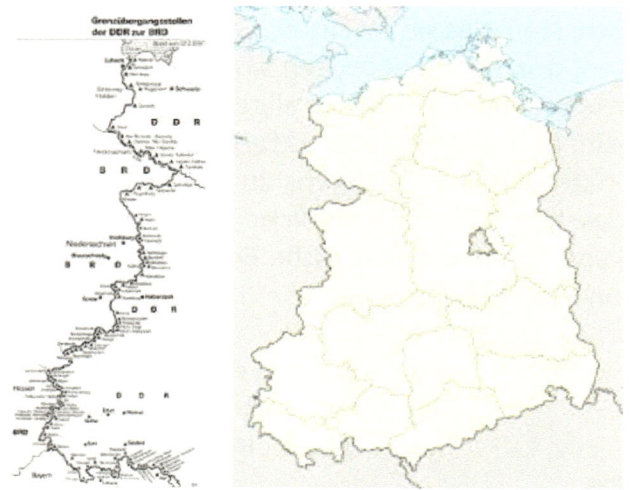

Die innerdeutsche Grenzanlage
Quelle: WikipediA

Quelle: HBrüning Innerdeutsche Grenze im Harz

22

In den letzten Tagen des Krieges, sind mindestens noch zehntausend Menschen, einfach so erschossen worden, weil sie z. B. in dem Chaos ihre Einsatztruppe verloren hatten, oder weil sie überhaupt nicht mehr existierte. Man hängte sie als sogenanntes abschreckenden Beispiel, wegen „Feigheit vor dem Feind", ohne Gerichtsverhandlung mit einem Schild um den Hals, „Fahnenflüchtig" - einfach auf. Ich habe nie gehört, dass einer dieser „Kettenhunde", so nannte man diese Verbrecher der Feldpolizei, vor Gericht gestellt wurde. In der Russischen Besatzungszone, gingen diese Verbrechen weiter. Stalin hatte befohlen, Spione zu fangen. Nur bei Stalin waren alle verdächtig, man benötigte keinerlei Schuld-Beweise, so ist das bei Diktatoren bis zum heutigen Tage geblieben, und sogar noch in unserer unmittelbaren Nähe, im mittleren Osten. Stalin hatte sogar eine Fangquote bestimmt, die von seinen Helfern erfüllt werden musste. Stimmte die zum Quartalsende nicht, dann griffen seine Schergen wahllos ein paar Leute an Bahnhöfen, oder von der Straße auf und ab ging es auf Nimmerwiedersehen, nach Sibirien, da reichte der unbewiesene Vorwurf: „Spion" völlig aus, egal ob man einer war oder nicht. Der Hauptgrund dieser russischen Spezialität, der sich bei den Herrschenden in Russland bis heute gehalten hat, ist die Einschüchterung der Bevölkerung.

Inge und Erika schafften es bis knapp über die Demarkationslinie, vom Amerikanischen in den Sowjetsektor von Berlin, dann hatte man sie gefasst, vergewaltigt, verhört, und gefoltert. Das war im Osten von Deutschland damals die Standartmethode mit deutschen Mädchen und Frauen umzugehen. Doch die Frauen wussten sich gegen die Übergriffe zu helfen. Auch Inge und Erika, die ja noch Jungfrauen waren, stopften sich ihre Geschlechtsöffnungen mit dicker Watte aus, die sie danach schnell wieder entfernten und mit Essigwasser nachspülten um Spermien abzutöten. Diese Methode hatten sie als Schwesternhelferinnen, von den älteren, erfahrenen Frauen in den Lazaretten gelernt. Man hatte auch selten davon gehört, dass Frauen, durch Vergewaltigungen schwanger wurden. Entweder waren alle Vergewaltiger steril, oder es geschahen hunderttausendfache Wunder, die sich niemand erklären konnte. Doch eher ist anzunehmen, dass es genug Ärzte, Krankenschwestern und Engelmacherinnen gab, die den Frauen halfen, den unerwünschten Nachwuchs wieder loszuwerden.

Das Kriegsende hatte völlig neue Eigentumsverhältnisse geschaffen. Während die ländliche Bevölkerung relativ unbeschadet davongekommen war, Stand in den meisten deutschen Städten kein Stein mehr auf dem anderen. Alles war auf Anfang und Neubeginn ausgerichtet, fast alle Organisationen mussten neu organisiert und aufgebaut werden, weil sie entweder zerstört, von den Nazis infiltriert, oder von den Alliierten geschlossen worden waren. Es war aber auch ein Neubeginn für Glücksritter, Hasardeure und Gauner aller Art. Und das nicht nur bei den Deutschen, sondern auch bei den Besatzungsmächten, die alle kräftig mitmischten. In der sowjetischen Zone, der Ostzone, wie man sie im Westen bezeichnete, Schleppten die Sieger alles weg, was nicht kaputt, oder unter Schutt begraben lag. Radios, Musikinstrumente Schmuck und Wertsachen wurden konfisziert und nach Russland abtransportiert. Das lief alles noch unter Reparationen, doch die Realität sah anders aus, denn die weitaus meisten nach Russland geschleppten Geräte und Maschinen, lagerten dann mangels Transportmöglichkeiten, monatelang im Freien auf den Bahnhöfen und vergammelten. Ende 1947 hatte es wohl die allerdümmsten Stalintreuen Besatzer begriffen, dass das ausgeblutete deutsche Volk, noch ein paar Maschinen für den Neuaufbau selber brauchte.

Die Deutschen krempelten die Ärmel hoch, Frauen räumten mit Schubkarren und Schaufel die Straßen von Trümmern frei, befreiten Mauersteine von Mörtelresten, die dann zum Wiederaufbau verwendet wurden. Immer mehr Kriegsgefangene strömten in die Heimat und gliederten sich in den Aufbau ein. Maschinen und Werkzeuge wurden unter den Trümmern ausgegraben und repariert. Im Jahre 1948 kam im Westen und im Osten Deutschlands die Währungsreform, alle alten Zahlungsmittel, die RM = Reichsmark wurden ungültig.

Die Erstausstattung mit D-Mark Quelle WikipediA

Die Ausgabe des „Kopfgeldes" erfolgte im ersten Schritt, ab dem frühen Sonntagmorgen des 20. Juni 1948, an Einzelstehende bzw. Haushaltsvorstände in Höhe von 40 DM je Kopf, in der Regel als 1 Zwanzigmarkschein, 2 Fünfmarkscheine, 3 Zweimarkscheine, 2 Einmarkscheine und 4 Einhalbmarkscheine. Jeder natürlichen Person wurden einen Monat später 20,00 DM bar ausgezahlt. Bei der späteren Umwandlung von Reichsmark, beispielsweise auf Bankkonten, wurden diese 40 DM angerechnet. Ausgabestellen waren verschiedenste gemeindliche Stellen, vom Rathaus über Lebensmittel-Ausgabestellen, bis zum Ernährungsamt. Unternehmen, Personenvereinigungen, Gewerbetreibende und Angehörige freier Berufe erhielten auf Antrag bei ihrer Abwicklungsbank einen Geschäftsbetrag von 60 DM je Arbeitnehmer als Vorgriff auf die „späteren Ansprüche aus dem Umtausch von Altgeld". Den Geschäftsbanken wurden von den Landeszentralbanken vorläufig 1 % ihrer Reichsbankverbindlichkeiten aus Kundenkonten gutgeschrieben (1. DVO zum WG, § 8).

Die Erstausstattung der öffentlichen Hand erfolgte für die Länder und kommunalen Gebietskörperschaften durch die Landeszentralbanken, für die Bahn- und Postverwaltungen durch die Bank Deutscher Länder. Die Länder und kommunalen Gebietskörperschaften erhielten eine durchschnittliche Monatseinnahme, die Bahn- und Postverwaltungen die Hälfte einer durchschnittlichen Monatseinnahme (Berechnungszeitraum jeweils vom 1. Oktober 1947 bis 31. März 1948).

25

Am 21. Juni 1948, dem Stichtag der Währungsreform, erlosch die Gültigkeit aller alten Zahlungsmittel außer den Münzen zu 10 und 50 Pfennig und den 1 RM Banknoten die zu einem Zehntel ihres Nennwertes vorerst noch gültig blieben, bis die neuen Münzen ausgegeben werden konnten; gleiches galt für Briefmarken.

Doch hinter den wolkenverhangenen, düsteren Jahren, da die Todesraten der kriegsbeteiligten Mächte, weit über den Geburtsraten lagen, war am Horizont schon ein leichtes Wetterleuchten zu erkennen, dass eine hellere Zukunft ankündigte. Es war der Startschuss zum Wirtschaftswunder, in der kurz danach im Jahre 1949 gegründeten Bundesrepublik, wie es ihn in der Weltgeschichte noch keinen gegeben hatte. Um dieses Wunder, beneidet die ganze Welt heute noch die Deutschen und dieses Land.

Aber besonders wetterfühlige Menschen, konnten schon den kalten Wind aus dem Osten fühlen, welcher bald ganz Europa mit einem Eiseshauch überziehen sollte.

Ostdeutscher Lebenstraum

Wir Kriegskinder hatten einen Traum,
Doch der erfüllte sich für uns kaum,
Wir wollten das neue Deutschland erschaffen,
Kommunisten dachten alles besser zu machen.

Sie meinten das Rad neu erfinden zu müssen,
Gegen alle Logik - mit vielen Hindernissen.
Was sich seit tausend Jahren bewährte,
War nicht mehr das Erstrebenswerte.

Ihre Apparatschiks verboten die freie Rede,
Viele nahmen Schaden an ihrer Seele.
Wer sich mit dem Parteibuch prostituierte,
Von einer großen Karriere profitierte.

Wie die drei Affen - mochten wir es nicht machen,
Darum packten wir unsere sieben Sachen.
Richtung Westen würden wir geh' n,
Verschwinden auf nimmer Wiedersehn.

Der Schock für Eltern und Freunde war groß,
Aber ein Neuanfang war unser Los.
Unsere Träume haben sich alle erfüllt,
Wir leben heute in einer glücklicheren Welt.
Kinder und Enkel füllen unser Leben aus,
Wohlstand und Freiheit im Gesamt-Deutschen-Haus.

Rei©Men

2
Der Neubeginn 1946 – 1950

Inge und Erika waren etwas früher als Klaus und Werner nach Köpenick zurückgekommen. Wenn in jenen Tagen ein überlebender Köpenicker Bürger, wieder in seiner Heimatstadt auftauchte, sprach sich diese Neuigkeit in der Regel genauso schnell in der Stadt herum, wie es heutzutage das Internet schafft. Die beiden Mädchen, saßen wie auf glühenden Kohlen und das, obwohl zwischen ihnen und den beiden Jungs keine direkten Liebesbeziehungen bestanden hatten. Jedenfalls war es bisher, zu nicht mehr als ein paar Küssen, so zum Abschiednehmen vor der Haustür gekommen. Allerdings waren auf beiden Seiten kleine Pflänzlein von Gefühlen vorhanden, die engere Bindungen schafften, als manche noch so wohlgemeinten Treueschwüre. Wie so oft, hatten die Frauen Inge und Erika, schon beim Kennenlernen der beiden Jungs festgestellt, zu welchem der Beiden sie sich hingezogen fühlten. Das schaffte Klarheit und auch die Jungs hatten gegen diese Aufteilung nichts einzuwenden gehabt.

So waren die Freude und die Erwartung bei beiden Frauen groß, als die Nachricht, dass sie aus amerikanischer Gefangenschaft zurückgekehrt waren, durch die Straßen eilte, - doch die Realitäten waren andere. Die Entlassenen, wurden von den Russen erneut in Gefangenschaft genommen, eingesperrt und verhört. In jenen Zeiten reichte ein Entlassungsschein aus amerikanischer Gefangenschaft völlig aus, um fortan als Spion verdächtigt zu werden. Vor allem, wenn man direkt aus Amerika zurückkam, mutmaßten die Russen, dass sie in Amerika zu Agenten ausgebildet worden waren. Diese unbewiesene Anschuldigung haftete ihnen nun ein Leben lang an, wie die unbefleckte Empfängnis an der „Jungfrau Maria". Da man ihre Identitäten und ihren Geburtsort nicht feststellen konnte, weil das Einwohnermeldeamt in Trümmern lag, behielt man sie zunächst einmal vorsichtshalber in Gewahrsam.

Viele Bürger benötigten dringend Geburts- oder Heiratsurkunden und andere Papiere, die nur dieses Amt beschaffen konnte. Aber auch die russische Besatzungsmacht, benötigte diese Informationen über den Personalstand der Bürger. Der russische Stadtkommandant, veranlasste dann, dass die in den bombenfreien Tagen, in das Kellergeschoss umgelagerten Akten, ausgegraben wurden. Nachdem die Identitäten von Klaus und Werner nun belegt waren, wurden sie aus ihrer zweiten Kriegsgefangenschaft wieder entlassen, erhielten aber in ihren Personalakten einen dicken Vermerk: „Wegen Spionage gegen die Sowjetunion verdächtig". Fortan standen sie unter Beobachtung, na klar, man hatte ja sonst nichts zu tun bei den Russen, als Kriegsverbrecher und Spione zu fangen, das war ihre Lieblingsbeschäftigung. Damit konnte man bei seinen Vorgesetzten punkten und sich eventuell Vorteile erschleichen.

Trotz allem, erwachte die lange unterdrückte Vergnügungssucht allerorten und brach sich ihre Bahn. Man hatte überlebt und nun wollte man auch endlich das „Leben" spüren. Trotz der Mangelwirtschaft eröffneten überall kleine Geschäftchen. Auf die Ruinenwände in der Trümmerlandschaft, wurde ein Holzdach mit Dachpappe genagelt, oder ein paar alte Tanz-Säle eröffnet, die das Desaster überlebt hatten. Ja, das Tanzen hatte ihre Jugend-Freundschaft begründet und sollte auch ferner ihr Leben weiter bestimmen. Die ersten Treffen zwischen den Paaren nach dem Kriegsende, fanden im Rahmen von kleinen Familienfeiern statt, doch, als die ersten Gaststätten wieder eröffneten, verabredeten sie sich, vermutlich beobachtet von der im Aufbau befindlichen, neuen, geheimen Staatsmacht eines Erich Mielke, den späteren heimlichen Herrscher über den DDR-Staat. War man dort einmal in den Akten erfasst, kam man nur noch mit einem Vermerk wieder raus: verstorben.

Die Protagonisten dieser Geschichte, waren sozusagen von einer Unterdrückungsmaschinerie – den Nazis, in eine andere – der Kommunistischen geraten, ohne, dass sie es richtig bemerkt hatten. Der erste Versuch einer Normalität war, ihren Tanzzirkel von damals neu aufzubauen, scheiterte kläglich. Kaum trafen sie sich zum zweiten Mal, standen die Aufpasser und Helden der Wahrung des rechten sozialistischen Glaubensbekenntnisses, auf der Matte und fragten nach einer Genehmigung, zu dieser Veranstaltung, die in einem wieder eröffneten Lokal stattfand. Der Gastwirt kam herbeigeeilt und versuchte den jungen Leuten beizustehen, doch vergeblich alle Liebesmüh, Klaus und Werner, als Quasiveranstalter und sowieso Verdächtige, mit Polizeivermerk, wurden auf das Polizeirevier geschleppt und wieder einmal verhört. Man vermutete dieses Mal, eine Fortsetzung der im Dritten Reich angesiedelten und gleichgeschalteten Jugendorganisation HJ (HitlerJugend) durch die Veranstalter. Die Tatsache, dass die jungen Leute nach langen Kriegs-Jahren und Entbehrungen, nur einmal lustig zusammen sein und Spaß haben wollten, zählte bei diesen verknöcherten, geistig zurückgebliebenen, eingetrockneten Vollpfosten nicht. Sie wollten eine Genehmigung sehen, die es aber nicht gab und die man auch nicht beschaffen konnte, weil es auch kein Amt oder eine Institution gab, wo man sie beantragen oder erhalten konnte. Eben, - und wie nicht anders zu erwarten, weil man eigentlich und absolut keine benötigte, sondern Gast in einem genehmigten Gasthaus war. Wie es sich herausstellte, war so eine Veranstaltung nur ab einer Teilnehmerzahl von mehr als 30 Leuten genehmigungspflichtig. Die besonders übereifrigen Schlauberger von sowjetischen Gnaden, hatten das auch gewusst, tatsächlich nachgezählt und waren auf 31 Personen gekommen. Dabei hatten sie pflichtbewusst, die Skatbrüder am Stammtisch mitgezählt. Na sowas???? Nach einigem hin und her, und im Allgemeinen, wenn nicht auch im Besonderen, sollten Klaus und Werner, einen sozialistischen Jugendzirkel gründen. Und auch gleich noch so ganz nebenbei, in die neu gegründete FDJ (Freie Deutsche Jugend) eintreten. Eine andere Möglichkeit bestand darin, in ihren sozialistisch geführten Betrieben, bei der Kaderabteilung einen FDJ geführten Volks-Tanzsport-Club zu aufzubauen. Die Voraussetzung hierfür war, wie konnte es anders sein, dass ein SED-Parteigenosse als Vertrauensmann diesen Club leitete. Ja, so war das, man hatte das eine zwangs und Gleichschaltung-System gegen ein anderes eingetauscht und musste von der Wiege, bis zur Bahre parieren. Die freie Entfaltung der Kräfte, Ideen und Entwicklungen in der Gesellschaft, waren nunmehr, wie bei der vorherigen Regierung, nur im Rahmen der sozialistischen Weltrevolution von Moskaus Gnaden möglich.

Klaus und Werner hatten ja beide, kurz bevor sie eingezogen wurden das Notabitur gemacht, und beschlossen auf Grund ihrer Ausbildung, zu Sanitätern und ihrer späteren Praxis, als Helfer in den Lazaretten, Medizin zu studieren. Sie durchliefen das übliche Prozedere der sozialistischen Gesellschafts-Gehirnwäsche und wurden auf Grund der Eintragungen in ihren Stasiakten, für untauglich befunden zu studieren. Na gut, - nein schlecht dachten sie, war ja zu erwarten, die brauchen bestimmt keine guten Ärzte, sondern nur gute Stasi-Sozialisten. Dann schauen wir uns eben mal wo anders um, dachten sie, und bewarben sich an der Berliner Humboldt-Universität in West-Berlin und siehe da, mit ihrer Biografie nahm man sie in dieser Universität, für das Frühjahrssemester 1950 auf.

Was folgte, war ein weiterer Vermerk in ihren Stasi-Personalakten. „Studium beim Klassenfeind." Die Querelen und die Zulassungsbeschränkungen, an der Ostberliner UNI unter den

Linden, waren zwar aufgehoben worden, weil der Westberliner Berliner Senat, die neue „Berliner Universität" gegründet hatte, die dann 1949 in Humboldt Universität umbenannt wurde. Die Ostberliner Uni unter den Linden, kam ins Hintertreffen, weil die SED sie aus der Verantwortung der drei westlichen Siegermächte heraus zu lösen versuchte, um sie in eine SED- UNI umzumünzen. Vorrausgegangen waren Studentenunruhen in deren Folge mehrere Studenten und Professoren, vom Militär-Tribunal der Sowjets zum Tode verurteilt und hingerichtet wurden. Das gab den Ausschlag zur Gründung der Westberliner-Humboldt UNI. Kaum war eine Diktatur besiegt, erhob sich die nächste zu voller Größe, pustete sich mächtig auf, verurteilte und mordete weiter und das alles in Namen der neuen, aufzubauenden sozialistischen Gesellschaftsordnung.

In der Abfolge der Dinge, meldeten sich die zwei Paare in Westberlin in einem alten, inzwischen wieder eröffneten Tanzclub an und erlebten den rasanten Neuaufbau, im Westen der Stadt, mit einigem Erstaunen. Inzwischen fuhren die ersten BMW-Isettas, Goggomobils, Hanomag' s, Hansa-Lloyd' s, VW-Käfer und Messerschmitt-Kabinenroller usw. über die zusammen geflickten Straßen. Die freie Wirtschaft entfaltete ihre Kräfte und deckte ohne, dass eine Absicht zu erkennen war, die Schwächen der gesteuerten Mangelwirtschaft des DDR-Planwirtschaftssystem gnadenlos auf. Hinzu kamen die an Russland zu liefernden Reparationen, die ein zerstörtes Land, das jegliche wirtschaftliche Privatinitiative und Unternehmertum unterdrückte, nicht leisten konnte.

Der Messerschmitt-Kabinen-Roller, man erkennt noch ganz deutlich, dass die Konstrukteure einst das Jagdflugzeug ME 109, einen der besten Jäger des II. Weltkrieges gebaut hatten. Die „Passagiere" saßen hintereinander und es fehlten eigentlich nur das Leitwerk und die Flügel, dann hätte er bestimmt abheben können.

Der „Goggo" läuft durch Berlin und die Wirtschaft ebenso, auch wenn der ältere Herr ihm schon ein paar kleine Schrammen zugefügt hat.

In der neu gegründeten DDR dagegen, sah man nur von der Bevölkerung konfiszierte mühsam zusammengeflickte Vorkriegsmodelle, durch die Schlaglöcher wanken. Nun müsste man eigentlich denken, dass die Ostbevölkerung in den Westen abwanderte. Das war zwar in kleinerem Maßstab möglich, doch die Wohnungsnot verhinderte zunächst eine größere Völkerwanderung gen Westen.

Doch gegen Dummheit und Ignoranz, gibt es bis heute keine Mittel und so nahm das Schicksal unerbittlichen seinen Lauf. Es passte den unfähigen sozialistischen Apparatschicks von Stalins Gnaden nicht, dass der Westen sich wie durch ein Perfektum-Mobile, von Zauberhand gesteuert, eine neue, kleine Wirtschaftswelt aufbaute, die hoffnungsfroh in die Zukunft wies. Berlin wurde immer mehr zum Fenster in die Welt. Hier der unfähige Sozialismus, der wohl so hieß, in Wirklichkeit aber nur die Menschen ausbeutete, weil die erzeugten Waren als Reparationsleistungen nach Russland wanderten.

Auf der westlichen Seite entstand der Kapitalismus alter Prägung zu neuer Hochform, der aber trotzt der andauernden Ausbeutung der Arbeitnehmer, einen erheblichen Anteil des erarbeiteten Wohlstandes, auch ihnen zugutekommen ließ. Während im Osten die Mangelwirtschaft vorherrschend war, war im Westen schon ein kleiner Schimmer, des aufblühenden Wirtschaftswunder am Horizont zu erblicken.

Das passte den natürlich des Ostmachthabern von Stalins Gnaden überhaupt nicht, also musste dem Einhalt geboten werden, indem man die Wirklichkeit der Propaganda anpasste. Denn die baut eben keine Industrien auf, das schafft nur eine freie Wirtschaftsordnung. Wer die Idee gehabt hatte, die drei Autobahn-Zugangswege von Westdeutschland nach Berlin zu schließen, ist nie ermittelt worden. Doch über Nacht durften sie plötzlich nicht mehr befahren werden und Westberlin war plötzlich von der freien Welt abgeschnitten. Die Absicht lag auf der Hand, mit dieser menschenverachtenden, verbrecherischen Aktion, wollte man sich Westberlin einverleiben.

Die Westalliierten überlegten nicht lange und bauten die berühmte Berliner Luftbrücke auf, sie diente der Versorgung der Stadt vom 24. Juni 1948 bis zum 12. Mai 1949, also fast ein ganzes Jahr lang, und ging als Berlin-Blockade in die Geschichte ein. Was von den Sowjets als Vernichtungsschlag geplant worden war, endete als Rohrkrepierer und flog den Initiatoren um die Ohren, ja entlarvte diesen verbrecherischen Sowjetstaat, der ganz Europa in ein Gefängnis verwandeln wollte gnadenlos vor der gesamten Weltöffentlichkeit. Doch wie sagt ein schönes deutsches Sprichwort:

„Ist der Ruf erst ruiniert,
lebt es sich ganz ungeniert."

35

Westberliner Kinder in der Einflugschneise des einstigen Berliner Flugplatzes Tempelhof. Ein besonders findiger der Amerikaner, der US-Air-Force-Pilot Gail Halvorcen, bastelte kleine Fallschirmchen und warf sie während des Anfluges über Berlin ab. An den Fallschirmen hingen Bonbons, Kaugummi und Schokoladepäckchen. Weil die Kinder in Ostberlin noch weniger hatten, wollte er auch in Ostberlin seine Fallschirmchen abwerfen. Wie üblich waren die Russen dagegen, wie man es von ihnen kannte und so musste dieses kleine, menschlich naive Zwischenspiel unterbleiben. Die ganze Blockade-Aktion wurde von der Weltöffentlichkeit den Russen ziemlich übelgenommen.

US-Air-Force-Pilot Gail Halvorcen

Das Entladen der Rosinenbomber

Was die russischen Regierungen, angefangen von Stalin, über Chruschtschow, Breschnew bis Putin umtreibt, ist für die Weltöffentlichkeit unverständlich und wird schärfstens kritisiert. Man fragt sich: warum kann das russische Volk nicht endlich einmal in Ruhe und Frieden mit der Völkergemeinschaft leben. Immer wieder müssen sie provozieren und die Wohlfahrt der Volker stören. Man fragt sich:

Ist dieses russische Riesenreich nicht groß und reich genug, muss es denn immer fort versuchen seinen Machtbereich zu erweitern. Kann man denn nicht andere Ethnien und Völkerscharen in Ruhe ihr Leben, leben lassen. Die weiten Räume mit ihrem Reichtum an Wild, Wäldern, Naturwundern und Naturschätzen, die gehoben werden können und noch tausend Jahre reichen werden, wenn man sie sinnvoll einsetzt. Man fragt sich, wann endlich werden dort endlich einmal stabile demokratische Verhältnisse in die Parlamente einziehen?????

Quelle: Alle Bilder WikipediA

Die An- und Abflugrouten

3

Die Zeugnisse der Luftbrücke

Quellen: DPA und WikipediA
https://de.wikipedia.org/wiki/Berlin-Blockade

Vom 26. Juni 1948 bis zum 27. August 1949 wurden mit 277.278 Flügen 2.326.205 Tonnen lebenswichtige Güter in die von der Außenwelt nach Berlin eingeflogen. Die ersten Kinder samt einigen Betreuern waren von britischen Rosinenbombern schon Mitte September 1948 nach Lübeck-Blankensee ausgeflogen worden, ganz neu war die Aktion „Storch" allerdings nicht. Schon ein halbes Jahr nach Kriegsende war sie gestartet worden, initiiert durch die britische Erziehungsministerin Ellen Wilkinson, die Berlin besucht hatte, um sich über den Wiederaufbau des dortigen Erziehungswesens zu informieren. Sie war über den miserablen Gesundheitszustand der oft unterernährten Kinder schockiert. Die Wiederaufnahme der Aktion scheitere wieder einmal an den Russen.

Die ersten 53 Busse mit Kindern, Müttern, Lehrern und medizinischem Personal hatten West-Berlin schon am 26. Oktober 1945 über die Interzonen-Autobahn verlassen, für alle Fälle eskortiert von Soldaten der 11. Hussars, die in den Spandauer Wavell Barracks, in der Seecktstraße stationiert waren. Bis Ende November 1945 dauerte die erste Phase der Aktion „Storch", die Wiederaufnahme im Spätsommer 1948 scheiterte am Widerstand der Russen. Doch am 21. August meldete der Tagesspiegel, dass Vertreterinnen mehrerer Frauenorganisationen Berlins, dem stellvertretenden britischen Stadtkommandanten, Brigadier Benson, bei einem Treffen vorgeschlagen hätten, „dass unterernährte Kinder über die Luftbrücke zu einem Erholungsaufenthalt in die Westzonen gebracht werden sollten".

Eine Idee, die auch vom West-Berliner Magistrat und der Arbeiterwohlfahrt vorangetrieben wurde, bis die britische Militärregierung am 14. September 1948 zustimmte. Die Organisation übernahm auf ziviler Seite das im Juli 1948 von den Ländern der Westzonen, kommunalen und Wohlfahrtsverbänden gegründete Hilfswerk Berlin, für den Transport wollten die Briten mit ihren Dakotas, Hastings und Skymasters sorgen, sogar Sunderland-Wasserflugzeuge kamen für die Kindertransporte vereinzelt zum Einsatz.

Die Amerikaner lehnten die Aktion strikt ab, konnten sich gegen den britischen Wunsch zu helfen aber nicht durchsetzen. Noch in einem Dokument der Alliierten Kommandantur vom März 1949 heißt es: „Der Vertreter der USA betont, dass er von Anfang an gegen die Evakuierung von Kindern aus Berlin war."

Ein Freiflug ins Schlaraffenland. Die Kinder, die das Glück hatten, bei der Aktion „Storch" ausgewählt zu werden, wird dieses alliierte Fingerhakeln gleichgültig gewesen sein, bedeutete ein Platz in einem Rosinenbomber doch den Freiflug ins Schlaraffenland. Der Hamburg-Korrespondent des Tagesspiegels hatte vor dem Weihnachtsfest 1948 einige Kinder, die dort Aufnahme gefunden hatten, befragt, wie es ihnen in der Fremde gefalle.

„Wie im Märchen", schwärmte die neunjährige Lisa, die mit ihren beiden Geschwistern beim Onkel wohnte. „Die Schulspeisung hier – ach, das ist ganz etwas anderes als in Berlin. Wir dürfen so viel essen wie wir wollen, und alles kostet nur 15 Pfennig. Aber mehr als sieben Kellen voll schafft keiner," erzählte ihr Bruder Herbert, während die 13-jährige Schwester Ingeborg, begeistert von einer Weihnachtsausstellung, mit einer elektrischen Eisenbahn berichtete. Und an fast jeder Ecke habe man, Obst und Gemüse kaufen können.

Doch unter die Begeisterung mischten sich auch Wehmut und Heimweh, wie sie aus der Schilderung eines Jungen spricht, der bei Neusiedlern in der Lüneburger Heide untergekommen war: „Jeden Mittag wünsche ich mir, dass meine Mutti unseren Esstisch sehen könnte. Ich schreibe mir immer auf, was es gegeben hat, und das erzähle ich ihr dann in meinem Sonntagsbrief." Die Trennung machte vielen Kindern zu schaffen, gerade zu Weihnachten, den Eltern ging es ebenso. Es war ja auch nicht absehbar, wie lange die Blockade und damit die Trennung der Familien dauern würde. So wurde die Zahl von 30.000 Kindern, die man über die Aktion „Storch" ausfliegen wollte, bei Weitem nicht erreicht.

An Mitteln und Spenden fehlte es nicht, allein die rheinisch-westfälischen Bergarbeiter hatten Sonderschichten eingelegt und den Lohn dem Hilfswerk Berlin gespendet. 3,5 Millionen DM waren so zusammengekommen. Viele Eltern zögerten aber, ihre Kinder wegzulassen. Doch die meisten Kinder kamen zu Verwandten. So waren es dann doch nur 14.496 Kinder und Jugendliche, sowie 1044 Mütter und Betreuer, die von September 1948 bis März 1949 in die Westzonen geflogen und dort betreut wurden, wie Bernd von Kostka, Luftbrückenexperte im Alliiertenmuseum in der Zehlendorfer Clayallee, berichtet. Mehr als 90 Prozent der Kinder seien zwischen 6 und 16 Jahre alt gewesen und mehrheitlich von Verwandten, dazu von Pflegefamilien und Heimen aufgenommen worden. Gut die Hälfte sei in der britischen Zone untergekommen, die übrigen in der amerikanischen und nur ein kleiner Teil in der französischen.

Die jungen West-Berliner hatten es dringend nötig. Die Untersuchung einer Gruppe, die Anfang 1949 in einem Heim auf Sylt angekommen war, habe ein durchschnittliches Untergewicht von 18 bis 32,6 Prozent gezeigt, meist verbunden mit Blutarmut und Nervosität, und achtmal habe es Lungenbefunde gegeben, schreibt der einstige CDU-Bundestagsabgeordnete Wolfgang Börnsen, im vergriffenen Buch: „Rettet Berlin – Schleswig-Holsteins Beitrag zur Luftbrücke".

Als es 2008 in der Landesvertretung Schleswig-Holsteins in Berlin vorgestellt wurde, war auch der damalige Ministerpräsident Peter Harry Carstensen zugegen, dessen Erinnerungen an die jungen Gäste von der Spree nicht ganz ungetrübt waren: „Ich kann mich an die Berliner Kinder erinnern, die zur Erholung zu uns kamen. Da habe ich gedacht, hoffentlich hauen die bald wieder ab, die waren nämlich ganz schön frech."

Quelle: WikipediA

Das Luftbrückendenkmal, die Berliner nennen es in Erinnerung an die schlimmen Zeiten „Die Hungerharke".

4
Das Leben geht weiter

Die ersten Nachkriegsfilme wurden auch schon wieder gedreht und die Vier genossen ihre viel zu schnell dahinfließenden Jugendjahre, zwischen Studium, Arbeit als Krankenschwestern, ins Kino gehen und Tanzvergnügen. Inzwischen war man sich auch menschlich und körperlich nähergekommen. Die Eltern von Werner hatten aus Vorkriegszeiten ein kleines Ufergrundstück am Müggelsee, das an manchen Wochenenden die Gelegenheit bot, auch die Nächte zusammen zu verbringen. Die von Werners Vater unter dem Fußboden des Gartenhauses versteckte Segeljolle, wurde wieder hervorgeholt und mit den auf dem Zwischenboden versteckten Segeln reaktiviert und in Betrieb genommen.

Werner wohnte inzwischen, auch während der Sommermonate mehr in der Gartenlaube, als zuhause bei seiner Mutter. Sein Vater, war nach dem 1. Weltkrieg ein begeisterter Segelflieger gewesen. Die Segelfliegerei wurde ja von Lilienthal in Berlin erfunden und später in West-Deutschland an der Wasserkuppe in der Rhön weiterentwickelt. Der Grund dafür war, dass die Siegermächte des 1. Weltkrieges, den Motorflug in Deutschland verboten hatten.

Die Anfänge des Segelfliegens

Den ersten Schritt in Richtung Segelflug machte der Flugpionier Otto Lilienthal, der den Begriff „Segelflug", auch das erste Mal benutzte und das bereits im Jahre 1891. Leider verunglückte er im Jahre 1896 bei einem Gleitflug tödlich.

Otto Lilienthal auf seinem Fliege-Berg, wie die Berliner ihn nannten.

Karl Wilhelm Otto von Lilienthal, ein deutscher Luftfahrtpionier, (*23.5.1848 – †10.08.1846) war der erste Mensch, der Füge mit einem selbst gebauten Gleiter, nach dem Prinzip >schwerer als Luft< durchführte und damit das Zeitalter der Luftfahrt eröffnete.

Offener Schulgleiter

Doch das Fliegen mit Segelflugzeugen entwickelte sich erst nach dem 1. Weltkrieg richtig, weil in den Versailler Verträgen der Betrieb und der Bau von Motorflugzeugen in Deutschland verboten wurde. Die Alliierten wollten sich damit einen kleinen Vorsprung in der Entwicklung der Flugzeugtechnik sichern. Auf der Wasserkuppe in der Rhön fanden ab 1920 jährlich die Rhönwettbewerbe statt und aus den Gleitfliegern, entwickelten sich ziemlich langsam die Segelflugzeuge. Schon im Jahr 1922 gelangen die ersten längeren Flüge im Aufwind des Hanges an der Wasserkuppe. Doch die Möglichkeit, sich über längere Strecken ohne Antrieb und abseits von Berghängen in der Luft zu halten, sah man damals noch nicht. Man wusste noch nicht einmal, ob es theoretisch überhaupt möglich sei, sich mit Segelflugzeugen längere Zeit in der Luft zu halten.

Thermische Aufwinde waren zu dieser Zeit nicht bekannt und die Thesen darüber wurden damit abgetan, dass es keine Möglichkeit geben würde, diese Aufwindkamine mit dem Segelflugzeug anzufliegen und darin in engen Kurven aufwärts zu steigen. Eigentlich komisch, denn fast alle Vogelarten, machten es den Menschen bei Ihren Reisen in ihre Winterquartiere ja vor. Man dachte wohl, dass sie es nur mit dem Flügelschlagen fertigbrachten. Im Jahre 1924 wurde die Benutzung von leichten Motorflugzeugen zum Sportfliegen wieder zugelassen und damit schien das Ende der Segelfliegerei, in absehbarer Zeit schon wieder beendet zu sein.

Der Durchbruch beim Segelfliegen

Im Jahre 1926 wurde jedoch der Beweis erbracht, dass es thermische Aufwinde tatsächlich gibt und 1928 gelang es Robert Kronfeld, in einem Aufwindkamin aufwärts zu kreisen. Das erste Variometer wurde benutzt und die Problematik, längere Strecken mit einem Segelflugzeug zu fliegen, schien gelöst zu sein.

Mit dem HAWA Vampyr wurde 1922 der erste Einstundenflug von Friz Stama durchgeführt.

Kontinuierlich wurden in den darauffolgenden Jahren die Segelflugzeuge weiterentwickelt und die Flugleistung immer weiter erhöht. Im Jahre 1939 legte der D-30 Cirrus der FFG Darmstadt bereits eine Strecke von 500 Kilometern zurück. Dies entsprach einer Gleitzahl von 36. Die Gleitzahl bezeichnet die Strecke in Kilometern, die ein Flugzeug bei 1000 Metern Höhenverlust zurücklegt. 1927 wurde der erste Flugzeugschlepp eingeführt und es wurde sogar mit Raketenantrieben experimentiert. Die Segelflugzeuge bestanden damals aus Holz oder Stahlrohren die mit Stoff umspannt waren. Heutzutage werden Segelflugzeuge aus faserverstärkten Kunststoffen gebaut. Quelle:

http://www.segelflugzeug.org/segelflug_geschichte.php

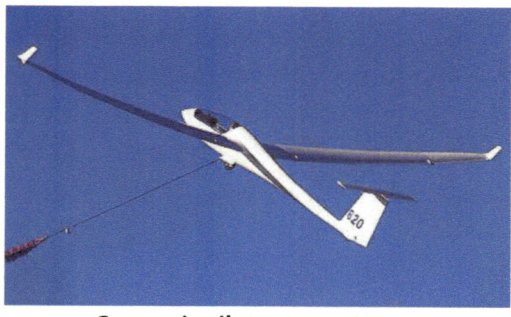

Gummiseilstart am Hang

Werners Vater hatte von den Segelflug Versuchen in der Rhön gehört und war dann dabei, als in Berlin der erste Segelflugclub gegründet wurde. Nun gab es um Berlin herum keine hohen Berge. Der Motorflug war dann ab 1924 wieder erlaubt worden und ein findiger Kopf hatte eine Schleppvorrichtung entwickelt, mit der man Segler mit einem langen Seil in die Höhe schleppen konnte. Als Hitler dann Mitte der 30er Jahre die „Luftwaffe" aufbauen ließ, war er als passionierter Segelflieger natürlich dabei.

Er flog dann später auch als Bomberpilot, die Einsätze über England mit und wurde mit seiner Heinkel 111 Crew über dem Ärmelkanal abgeschossen. Man hat nie wieder etwas von ihm gehört. Die deutschen Bomber waren anfangs des Krieges auf dem Stand der damaligen Technik, konnten aber gegen die schnellen Spitfire Jäger des Gegners nichts ausrichten. Ihre einzige Bewaffnung waren 3x MG 7,92 mm Typ MG und 1,5 t Bombenlast, waren sie 370 Km/h und einer Dienstgipfelhöhe von 7000 Metern hoffnungslos unterlegen und mussten mit Jagdflugzeugen, die Geleitschutz flogen, gegen die Angreifer verteidigt werden.

Weil den Jägern nur eine begrenzte Flugzeit zur Verfügung stand, konnten sie die Bomber nicht wirklich schützen. So kam es, wie es kommen musste, der Bomberterror gegen England, wurde wegen der hohen Verluste der Deutschen wieder eingestellt. Nun waren die Alliierten am Zug und bauten eine Präzisionsmaschinerie auf, die in den Folgejahren mit ihrem Bombenterror, Deutschland in einen Schutthaufen zerlegte.

Bis zum heutigen Tage wird weltweit darüber diskutiert, ob dieser Krieg gegen Kinder und Zivilisten notwendig und gerechtfertigt war.

(Wenn sie mich fragen, wäre es wirkungsvoller gewesen, die Deutschen Kriegs-Produktionsstätten kaputt zu bomben, statt die eigenen Rachegelüste zu befriedigen.)

Quelle: WikipediA He 111 Bomber von Heinkel

Wie sich später herausstellte, hatte Werner die Gene seines Vaters geerbt, doch das sollte ihn später noch vor erhebliche Probleme stellen, weil die Fliegerei in Berlin von den Alliierten grundsätzlich verboten wurde.

5
Die Doppelhochzeit

Es waren dann die Eltern von Inge, die Herzogs, die darauf gedrungen hatten, dass dieses „schlamperte Verhältnis", wie sie es bezeichnender Weise nannten, beendet wird. Ein weiterer Grund war, dass die Großeltern Herzog, kurz hinter einander verstorben waren und das kleine Einfamilienhaus, mit der voll eingerichteten Wohnung, für die jungen Leute zur Verfügung stand. Eine Weiternutzung durch die Familie war nur möglich, wenn ein verheiratetes Paar einzog, ansonsten hätte die Wohnraumbewirtschaftung der DDR-Behörden, andere Leute eingewiesen und es hätte auf unabsehbare Zeit, für die Familie nicht mehr zur Verfügung gestanden.

Ein weiteres Problem war das ehemalige Kaufhaus des Wohligs. Es war ebenfalls in den Bombennächten abgebrannt, aber das Grundstück, in der Innenstadt gelegen, stellte ja immer noch einen gewissen Wert dar. An einen Wiederaufbau war nicht zu denken, sie waren für einen Neustart auch schon zu alt und hatten keine Motivation, zumal es keine männlichen Nachfolger in der Familie gab.

Die neuen Machthaber, beschlossen die Innenstadt von Köpenick wieder aufzubauen und dazu benötigten sie natürlich die Trümmer-Grundstücke der Vorbesitzer. Die Besitzer wurden zu einer Versammlung eingeladen und man erklärte, dass man ihnen zu diesem Zweck die Grundstücke „abkaufen" würde. Für den m², bot man den Vorbesitzern 2 DDR-Mark an. Ein geradezu lächerliches Angebot, denn die Vergleichspreise in West-Berlin, lagen inzwischen bei ca. 10 DM-West. Fast alle Grundstücksbesitzer lehnten diese Offerte ab. Man drohte ihnen, so durch die Blume und noch nicht offen, mit einer Enteignung. Inge und Klaus waren auch anwesend, man hielt einen kurzen Familienrat und lehnte dann das Angebot ab. „Die sollen sich die ca. 2500 Ostmark, die im Umtausch nur etwa 500 Westmark betrugen, irgendwo hinschieben, wir geben das Grundstück nur gegen richtiges Geld ab, basta, so beschloss es der Familienrat. Der Bescheid zur Enteignung kam postwendend, wurde jedoch nie vollstreckt, weil die Stadt Köpenick über 30 DDR-Jahre hinweg, nie die Mittel für eine Neubebauung aufbringen konnte. Also, - keine Neubebauung, auch keine Enteignung. Basta. Diese Entscheidung sollte die Familie nie bereuen, denn den Nacherben, bescherte sie einen Millionenbetrag, nachdem 1979 die DDR zusammengebrochen war.

Erika und Werner konnten im Haus der Mutter von Werner unterkommen. Dort wohnten immer noch die zugewiesenen Flüchtlinge, in der viel zu kleinen Dachgeschosswohnung, aber es war absehbar, dass es ihnen mit ihren fünf Kindern langsam zu eng wurde, deshalb hatten sie beim Wohnungsamt schon länger eine größere Wohnung beantragt und nun endlich zugewiesen bekommen. Eile war angesagt und so kam es zu einer ziemlich überstürzten Nothochzeit. Die Aufgebote waren bestellt und die Anträge zur Wohnungsnutzung eingereicht worden. Nun wartete man „nur noch" auch die Zuweisung der Wohnungen. Doch die ließ auf sich warten.

Die Hochzeitsvorbereitungen dagegen, liefen auf Hochtouren, denn es war zu erwarten, dass diese Stasischnüffler wieder einmal ein Wörtchen, wenn nicht gar gewichtiges Wort, in der Wohnungssache mitreden würden. Damit musste man zumindest rechnen, denn wenn sie einmal jemanden auf dem Kieker hatten, war er für alle Zeiten gebrandmarkt. Parteigenossen, egal um was für Idioten es sich handelte, hatten immer Vorrang vor allen anderen Bewerbern. Und da war ein leerstehendes Einfamilienhaus, vollmöbliert, bei der herrschenden

Wohnungsnot, ein begehrtes Objekt. Am Tage der standes-
amtlichen Verehelichung, zogen Inge und Klaus sofort in das
Haus der Großeltern ein. Postwendend, erhielten sie den Bescheid, dass sich das Wohnungsamt für einen dringenderen Fall
entschieden hatte und forderten die Eheleute Herzog auf, das
Haus sofort wieder zu räumen. Die focht das überhaupt nicht
an, sie legten dem Wohnungsamt den Erbschein der Großeltern vor und verwiesen darauf, dass das betreffende Objekt inzwischen auch urkundlich im Katasteramt der Gemeinde, in ihren Besitz gelangt sei. Man könne ihnen wohl schlecht verbie-
ten, in ihrem eigenen Hause zu wohnen.

Dumm gelaufen, für die engstirnigen Verfechter des Sozialismus und der Überführung von privatem Eigentum, in der Vergemeinschaftung. Die Absicht lag ja klar auf der Hand, dass sich
ein hochdekorierter PG (Parteigenosse) das Häuschen unter
den Nagel reißen wollte. Um wen es sich da handelte, wurde
zwar nicht bekannt, aber man brauchte nicht lange sondieren,
um dem Nagel auf den Kopf zu treffen. Als nächstes wurde ein
villenartiges Haus in der Nachbarschaft bezogen, dass die Vor-
eigentümer, beide kinderlos verstorben, der Neuapostolischen
Kirche vererbt hatten. Diese Glaubensgemeinschaft war jedoch in der DDR verboten. Die Testaten hatten wohl richtig
vermutet, dass so ein Unrechtsystem, wie die DDR, nicht allzu
lange existieren würde und somit die Erbschaft irgendwann,
die rechtsstaatlich rechtmäßigen Erben, erreichen würde. So
ist es dann auch gekommen, als nach der Wende, das DDR-ZGB
(Zivil-Gesetzbuch) auf dem Müll der Geschichte landete, und
Millionen von enteigneten Objekten, den ehemaligen Besit-
zern oder den Erben zurückgegeben werden mussten.

Die Mutter von Werner, zog nun in die leerstehende Dachgeschosswohnung ein, in der vormals die Flüchtlinge gehaust
hatten und das im wahrsten Sinne des Wortes, aber erst, nachdem sie von den drei Männern, der beiden Familien gründlich
renoviert worden war. Erika und Werner, richteten sich in der

auf Zuwachs ausgelegten, unteren Wohnung ein. Prompt kann die Absage des Wohnungsamtes. Die Begründung war ebenso dumm wie fadenscheinig, man erwartete, dass der zukünftige Arzt Werner bereit wäre, in die sozialistisch geprägte Ostberliner Universität zu wechseln. Anscheinend hatte man geflissentlich vergessen, dass Klaus und Werner seiner Zeit gerade von dieser UNI nicht als Studenten angenommen worden waren. Werner schrieb den Stasi-IM's einen netten Brief, indem er diesen damaligen Umstand erwähnte und dass es nicht seine Schuld gewesen war, dass er nun im „Westen" studieren musste. Er stehe im letzten Semester und arbeite mit seinem Doktorvater, schon an seiner Dissertation, daher wäre es unzumutbar, jetzt an eine andere UNI zu wechseln. Aber er möchte sich schon vorab, für eine Anstellung, an der Klinik unter den Linden bewerben. Werner hat auf sein Schreiben nie eine Antwort erhalten und auch das Wohnungsamt meldete sich nicht mehr. Damit hingen Klaus und Werner ein wenig in der Luft, studierten im Westen, wechselten aber jeden Tag in ihre Ostberliner Wohnungen. Man hatte sich eingerichtet, eine Anstellung als Ärzte im Osten der Stadt, konnten sie sich eigentlich wegen der miesen Bezahlung mit DDR-Mark, auch nicht vorstellen. So kam es wie es kommen musste, sie arbeiteten inzwischen als Assistenzärzte, im Westberliner Virchow-Krankenhaus in Wedding und mussten mit der S-Bahn jeden Tag vom Osten in den Westen pendeln. Das war natürlich der Stasi auch nicht entgangen und die Reaktion, sollte nicht lange auf sich warten lassen. Man lud sie zu einem „Gespräch" ein. Die Absicht war schon vorher klar, man wollte sie zurückhaben, denn Mediziner waren nach dem „Aderlass des Krieges" überall knapp. Doch der Zug war schon vor langer Zeit abgefahren, hinzu kamen die sich ständig steigernden Repressalien gegen die eigene Bevölkerung. War es anfangs noch möglich gewesen, in kleineren Kreisen seine Meinung zu äußern, so vertraute man inzwischen niemandem mehr. Die Familien von Klaus und

Werner lebten eigentlich in einer ungewollten Komfort Zone. Man lebte im Osten in eigenen Häusern, verdiente sein Geld in Westberlin und konnte sich alles leisten, was auch Westberlinern zu Verfügung stand. Sogar Ausflüge nach ganz Europa waren über die Luftbrücke Tempelhof mit den alliierten Fluglinien fast normal, wenn man nur genügend Geld dafür ausgeben konnte. Man ahnte, dass das nicht ewig so bleiben würde, das war auch der Grund, weshalb die Familienplanung der jungen Leute etwas im Argen lag.

Erst fertig studieren, dann etwas Geld verdienen, war die Maxime und die neue Freiheit des ungebundenen Lebens genießen. Aber die biologische Uhr bei Inge und Erika tickte immer lauter. Man schrieb das Jahr 1960 und beide wollten nicht mehr länger damit warten. Die Eltern von Erika wohnten inzwischen in Westberlin und Inges Mutter Ella ebenfalls, denn sie hatte einen Spätheimkehrer, den Fliegerkameraden von Vater Ottensen, Fritz Kossack geheiratet. Der Vater von Werner hatte den Hitlerkrieg nicht überlebt. Er war beim Bombenkrieg gegen England, ums Leben gekommen. Inzwischen waren auch noch die Eltern von Klaus, Irma und Alfred, in den Westen umgezogen. Das hing mit dem Hobby von Alfred zusammen, der in Westberlin seinem Hobby, der Segel-Fliegerei nicht frönen konnte, weil die Deutschen privat, in Berlin immer noch nicht fliegen durften.

Die Ehepaare Erika und Werner Ottensen, sowie Inge und Klaus Herzog arbeiteten und verdienten ihr Geld im Westen, lebten aber im Osten der Stadt. Die Stasileute ließen sie in Ruhe, denn sie hatten wohl bemerkt, dass sie keine Chance hatten, an der gewachsenen Situation etwas zu verändern. Währenddessen blutete der Ostteil der Stadt aus, weil die Westberliner, mit dem bei Geldwechslern eingetauschten DDR-Mark, den Ostteil der Stadt leerkauften. Der Umtauschkurs lag inzwischen bei vier zu eins und die DDR-Staat konnte nicht schnell genug Lebensmittel und Gebrauchswaren nach Ostberlin hineinschaffen, wie ihn der Westteil, mit seiner starken D-Mark zu Schnäppchen-Preisen aus den Händen riss. Hinzu kam, dass die Lebensmittelpreise im Osten sehr niedrig waren. Statt nun die Löhne und die Preise anzuheben, blieben sie aus politischen Gründen unter den Gestehungskosten und wurden stark subventioniert. Ein Brot kostete 1959 in der DDR ca. 0,80 und ein Brötchen 0,05 Ostmark. Bei dem Umtauschkurs, kostete den Westberlinern ein Brot nur 20 Pfennige. 250 Gramm Markenbutter kosteten 60 Pfennige, im Westen aber 1,80 – 2,00 DM.

Die West-Berliner freuten sich über diese Situation, dabei hätte man sich eigentlich bei einigem Nachdenken, darüber im Klaren sein müssen, dass das nicht mehr lange gut gehen konnte. Doch der Tag der Abrechnung kam mit Riesenschritten auf die Westberliner zu.

Mit aufgerissenen Straßen fing es an

6

Der Mauerbau

Der 13 August 1961, Tag des Mauerbaus kam und alle waren erstaunt, erbittert und wütend, niemand hätte sich so etwas vorstellen können. Dabei war die entstandene Situation vorhersehbar gewesen und traf die Menschen im Osten wie im Westen wie ein Keulenschlag. Erst jetzt, 16 Jahre nach dem Kriegsende, war Deutschland endgültig in zwei Staaten geteilt.

Die Frau von Klaus - Inge, war mit ihrem kleinen Sohn, der erst vor Kurzem geboren worden war, gerade bei seinen Eltern in Westberlin, und es war vereinbart worden, dass er nach Dienstschluss dazukommen sollte, um mit der Familie nach Köpenick, mittels der S-Bahn nachhause zu fahren. Die Diskussion wegen der „Heimfahrt" dauerte nur ein paar Minuten, dann beschloss der Familienrat; „Ihr leibt jetzt erst mal hier, dein Arbeitsplatz ist auch hier im Westen, was gibt es da überhaupt noch zu diskutieren?" erklärte das Familienoberhaupt Alfred kategorisch.

Werner hatte am Sonntag dienstfrei und zunächst hörten sie in Ostberlin nichts von diesem ominösen Mauerbau. Auch, als ihre Nachbarn über den Zaun riefen, sie sollten mal das Radio anmachen, lachten sie zurück und dachten, die wollten sie verhohnepipeln. Erst als sie die ernsten Gesichter der wenigen Leute, auf den leergefegten Straßen sahen, reagierten sie auf den Hinweis und schmissen den alten Blaupunkt Apparat vom Mutter Ottensen, der die Bomben überlebt hatte, an. Sie waren, wie Herzog's, erst vor Kurzen, Eltern einer Tochter geworden, und somit verbot sich eine Flucht in letzter Sekunde, über die sich schließenden Grenzen nach Westberlin. Werner war von einer Stunde zur nächsten, von seiner lukrativen Arbeitsstelle abgeschnitten.

Quelle: Radio Museum.ORG

Als erstes versuchte Werner seine Arbeitsstelle, das Virchow-Krankenhaus in Wedding anzurufen, doch die Telefonverbindungen waren inzwischen auch gekappt worden. Werner sagte zu seiner Frau, ich muss mir das mal ansehen, sonst glaube ich es nicht. Da anzunehmen war, dass die S-Bahnen verstärkt von der Ostberliner Polizei kontrolliert wurden, nahm er für die Sondierung sein Fahrrad. Als Berliner kannte er ja die manchmal quer durch die Häuser verlaufenden Ost-West Grenzverläufe. Insgeheim, hatte er auch vor, nach einem Fluchtweg für seine Familie Ausschau zu halten. Was er zu sehen bekam, war keine Mauer, sondern eine mehr oder weniger zusammengeschusterte Abgrenzungsarie, aus Stacheldraht und hunderten Maurern, die aus Abfall und Bauschutt versuchten, so etwas wie einen schlechten Gartenzaun zu errichten. Dahinter standen jede Menge Polizisten und Armee, die MP' s umgehängt. An einigen Lücken sprangen Menschen über die noch sehr niedrige Mauer. Andere, die vergeblich versucht hatten, über die Mauer zu entkommen, wurden mit vorgehaltener Waffe abgeführt. Darunter waren auch Kinder, die mit ihren Ostfreunden gespielt hatten und nur nachhause zu ihren Eltern wollten. Ein totales, rücksichtsloses Chaos.

Bilder die keiner Worte bedürfen

Mit Stacheldraht ging es weiter

Das bemitleidende Lächeln, einiger Westberliner Bürger sagt alles aus, was hinter ihren Stirnen vorging. Eine hilflose, ohnmächtige Ouvertüre der vorweggenommenen Niederlage der sozialistischen Doktrin, die ja zu erwarten gewesen war. Nun aber eigentlich nicht die Westberliner einmauerte, sondern den gescheiterten Sozialismus.

Der Mauerbau durch Hinterhöfe hindurch, zerriss über Jahrzehnte gewachsene menschliche Beziehungen, zerstörte Familien und Freundschaftsbande in ganz Deutschland. So etwas können sich nur geistesgestörte Psychopathen ausdenken. Berlin war bis 1961 noch das einzige Verbindungstor, für die Begegnung der Deutschen, aber es war auch die Achillesferse des gesamten kommunistischen Kartenhauses. Alle Menschen in

Ost und West wussten es, dass es eines Tages zusammenbrechen würde.

Was dann 28 Jahre später am 09.10.1989 geschah, war nur der finale Schlussakkord, dieser Zwangs-Einhausung von 17 Millionen Deutschen Bürgern, von denen nur noch ca. 15 Millionen im „Staatsgebiet" der DDR verblieben waren. Aber die hatten im Gegensatz zu den weiter entfernt lebenden Sattelitenstaaten, des sogenannten Warschauer Paktes, ein Fernsehfenster in den Westen unseres Vaterlandes. Gegen dieses Schaufenster des Westens und wie es auch unter normalen Verhältnissen, im eigenen Leben hätte aussehen können, konnten die DDR-Polit-Agitatoren nicht mehr länger anstinken.

Das berühmte Brandenburger Tor, von 1889 - 1893 erbaut, wurde eingemauert und konnte 28 Jahre lang, weder vom Westen noch von der östlichen Seite auch nur angefasst, sondern nur von Weitem angeschaut werden. Es ist heute zum Symbol der Deutschen Einheit geworden.

Der berühmte Sprung in die Freiheit,
ein flüchtender Volksarmist

Massiver Volksarmee-Einsatz am Brandenburger Tor

Ganz im Anfang, gab es noch Westberliner, die hilf- und fassungslos in den Westen starrten, sich sogar auf den Zaun lümmelten. Ein paar Mädchen und Kinder erschienen den im Hintergrund Wache schiebenden Volksarmisten, nicht weiter beachtenswert, denn sie schauten gelangweilt über den Zaun Richtung Westen.

Ein riesengroßes weißes Schild machte Ostberliner darauf aufmerksam, was passieren würde, wenn jemand versuchen sollte die Grenzbefestigungen zu überwinden. Das war die Ostberliner Bezeichnung der Sperranlagen, im Westen nannte man sie treffender „Die Schandmauer".

Die Westberliner Feuerwehr hat ein Sprungtuch gespannt um eine Frau aufzufangen. Ostberliner versuchen sie zurückzuhalten. Schließlich gelingt es ihr sich loszureißen und fällt ins Sprungtuch. Bildquelle: picture-allicance/dpa

7
Die Flucht

Der Fliegerkamerad von Werners Vater Fritz Kossack, hatte seit dem Kriegsende keinen Steuerknüppel mehr in den Händen gehabt. In den Fingern kribbelte es ihn ja immer noch mächtig, aber die private oder vereinsmäßige Motorfliegerei, war noch nicht wieder in Schwung gekommen. Da gab es Wichtigeres zu tun, als in der Luft herumzugondeln. Mühsam hatte man sich ein neues Zuhause geschaffen und wie Schiller schon reimte:

> *Meister rührt sich und Geselle,*
> *In der Freiheit heilgem Schutz.*
> *Jeder freut sich seiner Stelle,*
> *Bietet dem Verächter Trutz.*
> *Arbeit ist des Bürgers Zierde,*
> *Segen ist der Mühe Preis.*
> *Ehrt den König seine Würde,*
> *Ehret uns der Hände Fleiß.*

Das Hobby von Alfred Herzog, war von je her die Segel-Fliegerei. Deshalb lebte er mit seiner Frau, der Mutter von Klaus, in der Nähe der Wasserkuppe und war Mitglied der einer Veteranen Segelflug-Gemeinschaft. Er kannte sich durch häufiges Überfliegen der Interzonen-Grenze um die Wasserkuppe auch im Osten ein wenig aus. Seit einiger Zeit trug er sich mit dem Gedanken, Werner und seine Familie mit einem Segelflugzeug in Bundesrepublik zu fliegen. Ein altes Bild von einem Seglerfest an der Wasserkruppe.

Das hörte sich ziemlich einfach an, doch die Möglichkeiten für eine Ausführung waren doch arg beschränkt. Vom Klaus wusste er, dass die Familie Ottensen sehr unglücklich und frustriert war, wohnte sie doch inzwischen in der Ostzone und die schönen kleinen Vorteile, des im Westen Geldverdienens, und im Osten gemütlich im eigenen Haus wohnen, gehörten der Vergangenheit an. Zudem lebte Mutter Ella Ottensen/Kossack jetzt auch in der Bundesrepublik. So lag es eigentlich nahe, die Familie ganz zusammenzuführen.

Immer wieder hörte er aus den Erzählungen der Frauen, dass die Briefe immer spärlicher kamen, weil Werner vermutete, dass sie von der Stasi mitgelesen wurden. Informationen beschränkten sich auf das Allernötigste, doch zwischen den Zeilen, konnte man den immer stärker werdenden Frust laut heraushören. Werner war in ein ziemlich kleines Bezirkskrankenhaus in der Diaspora eingewiesen worden, wo er seine Tage als Assistenzarzt verbrachte. Im Virchow Klinikum, stand er kurz vor der Ernennung zum Chefarzt, einer eigenen Abteilung, das war ihm vom Klinikchef zugesagt worden. Nun fehlte nicht nur im Virchow Klinikum ein wichtiger Nachwuchs-Arzt, nein, auch im Osten, wo es noch viel mehr an guten Fachkräften mangelte, wurde die Angstpsychose der Stasi vor Spionage, zu einer „Mangelerscheinung" an Intelligenz.

Die Konter-Revolution des Klassenfeindes, sie stand bei allen noch so kleinen, unwichtigen Entscheidungen Pate. In allen Ebenen gab es sogenannte Komiteè's, die mit mehr oder weniger dummen Parteigenossen besetzt waren, die sich über die Tragweite ihrer Entscheidungen überhaupt nicht im Klaren waren. Woher sollte denn auch ihr Weitblick kommen, waren doch die meisten Menschen in den 50er Jahren „nur" Volksschüler. Die Intelligenz schaute jedenfalls nicht aus den Knopflöchern, in die sie ihr SED-Parteiabzeichen dekoriert hatten und es wie eine Trophäe herumtrugen.

Klaus war nun nur noch so etwas wie ein Hausarzt und durfte Pflaster kleben und gebrochen Gliedmaßen schienen. Die Stasi vergas eben nie etwas und traute ihrem eigenen Arsch nicht weiter, als sie ihn fühlen konnte. Das nahm Formen an, die geradezu in die Lächerlichkeit abglitten. Während seine Kollegen schon einen Trabbi fuhren, hatte man seine Anmeldung für einen Kleinwagen, nicht einmal bestätigt. An Gehaltserhöhungen oder Beförderungen war überhaupt nicht zu denken, er hatte mit seiner Familie zwar gerade so sein Auskommen, doch unter den herrschenden Bedingungen, war an einem Familienzuwachs überhaupt nicht zu denken. Erika und Werner, war die Lust vergangen, weitere kleine Sozialisten in diese verlogene Welt zu setzten.

Dabei hatte nach dem unseligen Hitlerkriegsende alles so gut ausgesehen. Wenn man dem Aufbau des Sozialismus, wirklich konsequent im Marxschen Sinne durchgezogen hätte, wäre vielleicht ein guter Sozialstaat im Osten von Deutschland entstanden. Aber nach dem der Arbeiteraufstand, der in der Stalinallee, wegen zu niedriger Löhne für die unter Zeitdruck arbeitenden Brigaden, ausgebrochen war, konnte man sich diese Idee abschminken. Spätestens jetzt merkte der Dümmste, dass man keinen Arbeiter- und Bauernstaat bekommen würde, sondern eine SED-Diktatur sowjetischer Bauart. Nicht nur das redlich bemühte Volk, um einen Wiederaufbau des zerstörten Lebens bemüht, hatte das begriffen, sondern auch die Steuerleute dieses Staatskapitalismus. Von den Sowjets bestimm, kontrolliert und nach Strich und Faden ausgebeutet, gab es für Groß und Klein, Arm und Reich keine Chance, diesem Teufelskreis zu entkommen. Honecker hatte 15 schwedischen Volvo-Limousinen in seiner Garage stehen und eine Jagt in der Schorfheide. Jeder versuchte nur noch seine Scherflein ins Trockene zu bringen und so nahm das Schicksal Deutschlands seinen Lauf. Lange 44 Jahre hatte es gebraucht, dann war die allerletzte Nachkriegs-Substanz, und der Durchhaltewille aufgebraucht. Das Volk griff zur Selbsthilfe und fegte diesen Verbrecherstaat hinweg, wie einen schlechten Traum und wie eine Spinnwebe, welche die Sicht auf die Dinge des Lebens vernebelte, fegte die Erkenntnis dieses Lügengebäude aus der Weltgeschichte.

8
Die Segelflieger

Die Überlegungen von Alfred Herzog gingen in die Luft, man schrieb inzwischen das Jahr 1962 und der Sommer stand bevor, die Hauptsaison der Segelflugfreunde um die Wasserkuppe herum. In seiner Veteranen Segelflug-Gemeinschaft, war er ein hochgeschätzter und gefragter Experte. Von seinem Jahrgang gab es nicht mehr viele Veteranen, die den Krieg überlebt hatten. Zudem war er selber ein Oldtimer, der die Anfänge der Segelfliegerei noch miterlebt hatte. Damals war das Fliegen erst einmal nur Knochenarbeit. Größtenteils baute man sich die Flugzeuge noch selber. Eine Abflugrampe musste in einen Berghang mit Pickel und Schaufel gestanzt werden. Dorthinein kamen die Schienen der berüchtigten Kipploren, die er zuvor beim Arbeitsdienst im Autobahnbau, lange genug füllen und bewegen durfte. Danach wurde man dann nahtlos in die Hitlerarmee eingezogen. Die Schienen wurden etwas enger verlegt und auch die Spurweite des Abrollbockes angepasst, auf dem die Flugzeuge dann die entsprechende Startgeschwindigkeit erreichen konnten. Die von den Vereinskameraden selbstgebauten Hanggleiter, nutzten den Hangaufwind und flogen kleine Hüpfer ins Tal hinunter. Danach mussten sie wieder in Einzelteile zerlegt und mit Muskelkraft, auf den Berg hochgeschafft werden. Eine mühsame Arbeit, doch der Lustgewinn, wie ein Vogel zu fliegen war die Mühe wert. Die Freude dauerte aber nicht lange, dann war man plötzlich beim Militär und der Pilot eines Lastenseglers, der die Fallschirmjäger in feindlichen Gebieten absetzte. Die Flugzeuge gingen meistens verloren und bei Bruchlandungen starben auch viele Besatzungen. Bei der Landung auf Kreta, war Max Schmeling, der Box Star - Schwergewichts-Weltmeister auch dabei, allerdings gehörte er zu den Fallschirmspringereinheiten. Gerade diese Truppe erlitt bei dem Angriff mit über 6000 Toten die schwersten Verluste. Schmeling verletzte sich bei der Landung schwer, und wurde in ein Griechisches Krankenhaus ausgeflogen.

Quelle: WikipediA Lastensegler DFS 230

Im 2. Weltkrieg wurden erstmals Lastensegler für Luftlande-operationen eingesetzt. Schleppflugzeuge zogen sie bis in Ihre Einsatzgebiete, dort klinkte man sie aus und die Segelflugpilo-ten, landeten sie meistens im feindlichen Abwehrfeuer. Aber sie transportierten nicht nur Soldaten, sondern auch eine Menge Ausrüstungen und sogar Fahrzeuge dorthin wo sie be-nötigt wurden. Nach den jeweiligen Einsätzen, wurden sie meistens kein weiteres Mal wieder verwendet, weil die Trans-portkosten oft zu hoch, oder der Rücktransport zu aufwendig war. Die Meisten waren auch bei den Landungen im unwegsamen Gelände beschädigt worden.

Bei seinen Flügen entlang der Hessisch- Thüringischen Grenze, die gleichzeitig die Grenze zur DDR bildete, hatte er sich immer wieder Gedanken gemacht, ob es möglich wäre, ein paar Menschen mit einem Segelflieger nach Westdeutschland zu holen. Nach und nach entstanden in seiner Ideenwelt mehrere Szenarien, aber er konnte und wollte niemand, auch nicht seine engsten Segelfreunde ins Vertrauen ziehen. Die Gründe dafür lagen einmal in der strengsten Geheimhaltung solcher Pläne und andererseits wollte er niemand, wegen des hohen Risikos, dass damit verbunden war, in Gewissensnöte bringen. Nach und nach kristallisierten sich in seiner Vorstellung verschiedene Szenarien heraus, die erfolgversprechend erschienen.

Der Hangaufwindstart

Da kam zunächst die Hanglandung eines Segelflugzeugs mit einem Haken am Heck und einem quer gespannten Fangseil infrage. Die Konstruktion musste so beschaffen sein, dass das Flugzeug sich nach dem Einsteigen der Passagiere, wieder ausklinken und den Hang hinuntergleitend, starten konnte. Die Schwierigkeiten dieser Variante bestand darin:

Man konnte nur an schönen Tagen, mit der erforderlichen Thermik und einem kräftigen Hangaufwind operieren.

Der Hang musste nach Westen ausgerichtet, ziemlich steil und zur Abflug-Flugrichtung hin offen sein, weil ein Segelflugzeug beim Start erst einmal n Höhe verliert.

Um die drei Personen „abzuholen", musste mindestens zweimal geflogen, oder mit zwei Flugzeugen kurz hintereinander an der gleichen Fangeinrichtung gelandet und gestartet werden. Dabei konnte man leicht entdeckt und von den Grenztruppen festgenommen werden.

Für die Punktlandungen mussten viele, umfangreiche Übungsflüge mit Landungen, sorgfältig erprobt und trainiert werden.

In der DDR musste in Grenznähe ein geeigneter Hang gefunden werden.

Die Suche nach einem geeigneten Hang musste mit Segelflugzeugen des Veteranen-Vereins durchgeführt werden.

Zu den Erkundungen musste an der Grenze entlang sondiert und fotografiert werden.

Jeder geeignete Hang musste mindestens einmal in niedriger Höhe überflogen werden.

Man benötigt ein zweisitziges Flugzeug.

Alle diese Vorbereitungen konnte man auf beiden Seiten der Grenze schlecht geheim halten.

Der Seilwindenstart

Der Re-Start mit einer Seilwinde, nach der Aufnahme von den Flüchtlingen, wäre eigentlich die eleganteste Lösung gewesen. Doch woher eine Seilwinde nehmen. Die wenigen Seilwinden, die für die Ausrüstung der GST (Gesellschaften für Sport und Technik) produziert wurden, waren Unikate, die nur den von der Stasi zugelassenen DDR- Sportflieger-Gemeinschaften innerhalb der GST, zur Verfügung standen. Diese wurden von der Stasi schärfstens kontrolliert und überwacht. Weil es immer wieder einzelnen Mitgliedern gelang mit GST-Vereinsflugzeugen in den Westen zu fliegen, eigentlich zu flüchten, wurden die Mitglieder jährlich auf ihre politische Zuverlässigkeit überprüft. Kriterien für eine Flugerlaubnis waren: Parteizugehörigkeit, gefestigte familiäre Verhältnisse, Ehe, Kinder und vor allem, man durfte keine Verwandten im Westen haben. Nur wenn man keine Negativpunkte in seiner DDR- Vita und eine aktive Beteiligung am sozialistischen Leben, im Sinne der Doktrin aufweisen konnte, bekam man eine Flug-Lizenz für ein weiteres Jahr. Zudem musste jeder einzelne Flug vorher angemeldet und von der Stasi genehmigt werden. Also eine totale Gängelung und Kontrolle, die bis in die Unterwäsche hineinging.

Der Gummiseil Re-Start

Diese Variante erschien vielversprechend zu sein. Man würde auf einer Grenznahen Wiese in der DDR landen, die Maschine umdrehen, zu dem gegen den Westen geneigten Hang schieben oder mit einem KFZ hinziehen und den „Fluggast" einsteigen lassen. Zum Auslösen der vorgespannten Gummiseile musste allerdings eine Auslösevorrichtung gebaut werden, die vom Cockpit aus bedient werden konnte. Das Segelflugzeug würde dann durch den Hangaufwind, Höhe und Geschwindigkeit aufnehmen und auf einem Westdeutschen Sportflugplatz landen.

Die Schwierigkeiten waren, dass zwei Flugzeuge gleichzeitig für den Einsatz benötigt wurden. Außerdem war die Beschaffung eines Gummiseils in der DDR unmöglich. Bei gleichzeitigem Re-Start in den Westen, mussten gleich zwei Seile-Kombinationen beschafft und bis zu ihrem Einsatz an der Grenze versteckt werden.

Zum Spannen der Seile musste ein geeignetes Fahrzeug, mit Winterbereifung oder Schnee-Ketten und einer Anhängekupplung zur Verfügung stehen.

Die Gummiseile und die Auslösevorrichtungen, mussten unauffällig in die DDR transportiert werden.

Werner musste sich einen geeigneten schwereren PKW, zum Beispiel einen Wartburg PKW mit einer Anhängekupplung und zwei Winterreifen mit Felgen besorgen, die er auf den Hinterrädern montieren konnte. Für diese Anschaffungen benötigte man mindestens 10 Tausend D-Mark, die zuerst über die Grenze geschmuggelt werden mussten. Im Westen mussten die zweifachen V-Spannseilvorrichtungen angeschafft und die Starts an ähnlichen Hängen, wie den ausgesuchten Fluchthang geübt und trainiert werden. Erst wenn diese Starts einwandfrei klappten, konnte man an die Ausführung denken. Für das Spannen der Seile, wollte er statt der Gummihunde = Menschen, wie sie im Segelflieger Jargon hießen, den anzuschaffenden Wartburg PKW benutzen.

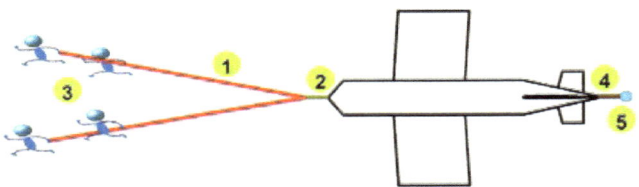

Letztendlich mussten die Spannseile über die Grenze geschmuggelt, und hernach vor Ort versteckt werden. Eine andere Variante war, dass sie Werner zuhause lagerte und am Fluchttag zur Grenze mitbrachte. Allerdings barg die erstere Variante auch die Gefahr, dass das vor „Ort Lager" zufällig entdeckt werden konnte. Dann hätte die Stasi dieses Lager nur überwachen müssen und die Flucht wäre für die ganze Familie zu einer bösen Falle geworden.

Allerdings war er sich darüber im Klaren, dass die gesamte Ausrüstung, einschließlich PKW verloren gehen würde.

Alfred war mit seinen Überlegungen nun soweit, dass er Fritz Kossack, den Kriegskameraden von Werners Vater, in seinen Plan einweihte, sodass man nun mit der Ausführung beginnen konnte. Er nutzte die Taufe von Marie, zu der die ganze Familie in Köpenick eingeladen war, zu einem ersten Gespräch mit Werner unter vier Augen. Die Verwunderung bei Werner konnte kaum größer sein, als ausgerechnet Fritz, der erst kürzlich zur Familie gekommen war, ihn um eine Unterrededung bat. Werner und Fritz kamen überein mit niemandem in der Familie über ihre Pläne zu sprechen. Er unterrichtete ihn auch nicht über die Details dieser Pläne und verpflichtete ihn zu strengstem Stillschweigen. Danach übergab er ihm einen Umschlag mit 1000 DM und 15 Tausend Ostmark. Werner wusste nur, dass er mit seiner Familie in den Westen geschmuggelt werden sollte, und dass er einen größeren Wagen plus Winterreifen anschaffen sollte. Alle anderen Details, existierten nur im Kopf von Alfred Herzog und Fritz Kossack.

Die Zwei waren alte Flieger mit der Erfahrung von vielen Jahren, und tausenden Flugstunden auf Übungsmaschinen und Lastenseglern, - in ihren Vereinen und beim Militär. Aber bei Fritz waren sie etwas eingerostet und mussten aufgefrischt werden. Deshalb trat er in den Veteranen Flieger Club von Alfred ein. Zur Kommunikation und zum Austausch von Material, hatten sie sich die Autobahn Helmstedt-Berlin ausgewählt. Die lag in der Nähe und für Werner, waren die Entfernung von Berlin aus minimal und der Treffpunkt gut zu erreichen. Die Autobahn-Ausfahrt Brandenburg liegt in einem dichten Waldgebiet und eignete sich hervorragend zu einem unbemerkten Treffen. Fritz und Alfred wechselten sich bei den wenigen Fahrten ab und schafften es punktgenau zur vereinbarten Uhrzeit dort einzutreffen. Sie taten so, als ob Sie im Wald ihre Notdurft verrichten müssten und tauschten schnell die Informationen mündlich aus. Beim nächsten Treffen sollte dann die Ausrüstung übergeben werden. Aber vorher gab es noch eine Menge Arbeit, die zu erledigen war. Vor allem mussten die Vorbereitungsarbeiten geheim von statten gehen, nicht einmal die Vereinskameraden durften davon etwas mitbekommen.

Fritz war im Veteranen-Verein Zeugwart und hatte sich zum Haupt-Thema Gummiseile schon mal seine Gedanken gemacht, eigentlich waren sie die Basis für seine weiteren Überlegungen gewesen. Der Verein benutzte schon sehr lange keine Gummiseile mehr, aber jedes Jahr beim Vereinsfest, wurden sie wieder hervorgeholt und die Männer demonstrierten den staunenden Gästen mehrere Seilstarts. Für die Beiden war es gleichzeitig ein Nostalgie-Erlebnis, es erinnerte sie an alte Zeiten, wo man Segelflieger meistens mit dieser Methode in die Luft brachte.

Man legte die Seile V-förmig und hangabwärts aus. An dem V hing oben das Segelflugzeug und an den beiden Enden, zogen die sogenannten Gummihunde, (viele Männer und Frauen) die zwei Seile in die Länge, bis sie eine hohe Spannung erreichten. Jetzt lösten der Pilot die Anhängevorrichtung aus, die Gummihunde liefen noch kräftig hangabwärts weiter und das Flugzeug schoss in die Höhe. Hatte der Pilot den höchsten Punkt erreicht, warf er das Gummiseil ab, drückte die Nase des Fliegers etwas nach unten und nahm Fahrt auf. Die aufgenommene Geschwindigkeit setzte er dann in Flughöhe um und glitt ins Tal hinaus. Danach konnte dann der nächste Pilot starten.

https://www.osv-ch.org/gummiseilstart-wie-funktionierts/

Der Verein hatte für die Demonstration der traditionellen Segelfliegerei schon vor einiger Zeit eine Seilstart-Vorrichtung angeschafft, die dann bei Vereinsfesten vorgeführt wurde. Da solche Feste nur einmal im Jahr stattfanden, konnten Fritz und Alfred sie, ohne dass es jemand merkte für eine kurze Zeit ausleihen. Die Zugkräfte der Helfer für den Re-Start, mussten bei der Flucht, natürlich von dem Wartburg PKW geleistet werden. Nach dem Spannen der Seile, sollten sie an kurzen Eisenstäben, die in Erde eingeschlagen wurden, fixiert werden. Damit der PKW nicht den halben Hang hochfahren musste, wollte man die Gummiseile mit einem angehängten Kunststoffseil, nach unten ziehen. Fritz und Alfred bauten diese Technik an einem Vormittag, wenn im Verein noch nichts los war, auf ihrem Vereinsflugplatz auf. Sie waren bis auf kleine Änderungen damit zufrieden und verstauten die Seile wieder. Für die Flucht mussten sie sich vom Hersteller sowieso zwei Seilvorrichtungen bauen lassen, weil sie sozusagen beim Re-Start in der DDR verbleiben mussten und somit verloren gingen. Doch auch der Wartburg PKW musste in der DDR bleiben.

Bei einem Veteranentreffen hatten Fritz und Alfred noch ausgiebig Gelegenheit solche Gummiseilstarts zu üben. Insofern waren sie nun fit für das Unternehmen. Jetzt galt es ein geeignetes Gelände für die Landung und den Re-Start zu finden. Bei ihren Flügen entlang der Grenze, hatten sie bald eine Stelle gefunden und Kartografiert, die ihren Vorstellungen entsprach. Unweit des Länderdreiecks zwischen Thüringen, Bayern und Hessen, bei der Ortschaft Birx, entdeckten sie einen nicht allzu hohen Berg mit einer flachen Kuppe, auf der mehrere Segelflugzeuge landen konnten. Nach Westen hin, war der Hang nicht allzu steil, zog sich aber sehr weit in die Ebene hinaus. Der ideale Platz für einen kurze Landung, danach mussten sie ihre Maschinen nur umdrehen, an die vorgespannten Gummiseile anhängen, die Fluggäste aufnehmen und wieder starten. Die ganze Aktion würde nur weniger als fünf Minuten in Anspruch nehmen, falls alles, was sie sich ausgedacht hatten reibungslos klappte. Da Segel Flieger bei Start und Landung immer auf den richtigen Wind angewiesen sind, hatte Werner bei der Besichtigung des Geländes, in einem Baum beim Landeplatz, eine Fahnenhalterung angebracht. Es handelte sich nur um ein kurzes Rohrstück, in das man eine Fahne hineinstecken konnte. Steckte die Fahne beim Anflug im Baum, war alles in Ordnung, Fritz und Alfred konnten landen. Fehlte sie, drehten sie wieder nach Westen ab und landeten bei ihrem Veteranen Club.

9
Die Kommunikation

Die letzte große Hürde war die Terminübermittlung, sie musste für eine kurzfristige Absage telefonisch gemacht werden, weil sie ausschließlich vom Wetter abhängig war. Werner hatte zwar in seiner Wohnung ein Telefon, war sich allerdings sicher, dass diese Verbindung von der Stasi abgehört wurde. Da die Nachrichten zum Starttermin wetterbedingt kurzfristig anberaumt, oder wieder gecancelt werden mussten, hatte sich Alfred einen speziellen Telefon-Code ausgedacht um den Starttermin oder eine kurzfristige Absage zu übermitteln.

War bei einem Anruf im Krankenhaus bei Werner die Oma Ella wieder gesund oder eine Besserung in Sicht, konnte die Aktion am nächsten Tag starten. War Oma Irmas rheumatisches Fieber oder eine andere Erkrankung wieder heftig aufgetreten, hieß das „Absage". Ein neuer Termin musste dann über einen Brief angekündigt werden. Der Brief enthielt dann nur ein paar allgemeine, nichtssagende Informationen, aber zwischen den Zeilen waren die Zahlenschlüssel zu einem vorher verabredeten Buch, mit Milch geschrieben, zunächst unsichtbar. Um sie lesen zu können, musste man den Brief stark erhitzen, dann verfärbte sich die Milchschrift braun. Nun war die Stasi ja auch nicht doof und konnte den Code vielleicht lesen, aber mit den Zahlen nichts anfangen, wenn sie das dazugehörige Buch nicht zur Hand hatten.

Diese uralte und sehr einfache Codierung, ist absolut sicher, solange der Gegner nicht weiß, um welches Buch es sich handelt, denn das stand nur in den Bücherregalen von Werner und Alfred. Um die Sache noch sicherer zu machen, hatte man verabredet, dass für die Codierung immer wieder ein anderes

Buch verwendet werden sollte. Auf dieser Basis wurden Informationen ausgetauscht, welche die Stasi nicht „mitlesen" konnte. Selbst wenn sie die Milchschrift entdeckten, würden sie vermutlich einen Teufel tun und ihr Wissen offenlegen. Das hätte für sie weitreichende Folgen gehabt, sie hätten sich und ihre Schnüffelei entlarvt, ja ihr schändliches Verhalten wäre in alle Welt posaunt worden. Das konnten und wollten sie sich wegen eines vagen Verdachtes, das eine Familie, die das Mitlesen der Stasi befürchtete, ein solche Verschlüsselung für ihre private Korrespondenz wählte.

Der Zahlenschlüssel begann immer mit der Auswahl des auf beiden Seiten gleichen nummerierten Buches:

Buch 1 – 20
Seite 8
Zeile 11
Wort 9

Zum Beispiel:
Buch 7 „Das Forsthaus"
Seite 8
Zeile 6
Wort 3 wir
Seite 12
Zeile 11
Wort 9 sind
Seite 12

Zeile 7
Wort 4 fertig

Code: 7,8,6,3,12,11,9,12,7,4 usw.

Mit dieser Codierung konnten nun Informationen ausgetauscht werden, an welche die Stasi nicht herankam. Damit waren die Vorbereitungen bis auf die Übergabe der Gummiseile abgeschlossen. Fritz und Alfred, fuhren noch ein letztes Mal an den Autobahntreffpunkt. Dort gruben sie ein flaches Loch und lagerten die vom Hersteller in Plastikbahnen verpackten Seile ein und fuhren nach einem kurzen Berlin Besuch wieder nach Hause. Inliegend waren auch die genauen Bedienungsanleitungen des Herstellers. Als sie wieder zuhause waren, reichten sie über ihr Code-System eine präzise Lagebeschreibung nach Nördlicher Breite und Östlicher Länge an Werner weiter. Werner wollte dann erst auf seinem Fluchtweg in den Harz, die Seile dort abholen. Doch er änderte den Plan, weil er sich mit den unbekannten Geräten vertraut machen wollte und brachte sich zu sich nachhause. Wie sich herausstellte war das richtig, wenn er für diese Aktion etwas üben konnte. Zunächst studierte er die schriftlichen Anweisungen, dann probierte er die Konstruktion auf einem aufgelassenen Industriegelände aus. Als letztes versuchte er die Geschwindigkeit zu optimieren, mit der er in der Lage war, die Vorrichtung aufzubauen. Als er mit all den Vorbereitungen zufrieden war, weihte er seine Frau in die Fluchtpläne ein. Die Überraschung war groß, doch Erika hatte schon länger bemerkt, dass Werner irgendetwas vorhatte, dachte jedoch so für sich, dass es sich vielleicht um ein Weihnachtsgeschenk für ihren Sohn oder sie handeln könnte und tat so, als wenn sie nichts bemerkt hätte.

10
Diktatoren und eine neue Position

Nun war die eigentlich schwierigere Arbeit auf der Ostseite des Eisernen Vorhangs abgeschlossen. Werner hatte sich einen gut erhaltenen Wartburg PKW besorgt. Das war nur möglich gewesen, weil er einen Teil der Kaufsumme bar in D-Mark bezahlen konnte. Damit war das letzte Glied in der Kette geschlossen. Man wartete nur noch auf günstiges Sommerwetter. Das war nötig, wenn die Flucht gelingen sollte, benötigte man ein hochsommerliches Wetterfenster, mit einer ordentlichen Thermik und jede Menge Kumuluswolken. Klar, man hätte ja auch auf dem Rückflug, auf irgendeiner Wiese landen können, doch die Ambitionen von Fritz und Alfred waren höher angesiedelt. Wenn schon, dann wollten sie auf ihrem Heimatflugfeld landen, denn an Presserummel und Publishing waren sie nicht interessiert. Alles sollte im Stillen ablaufen, sie hatten für die kleine Familie auch schon eine Wohnung in der Nähe angemietet und ein paar alte Möbel hineingestellt, somit war alles zur Aufnahme vorbereitet. Doch das Herbstwetter im Jahre 1962 gestaltete sich für Segelelflieger nicht sehr freundlich. Immer wenn ein Termin angesetzt war, kam etwas dazwischen. Mehrfach schlug das Wetter um, dann bekam Brigitte, die kleine Tochter von Erika und Werner die Masern. Es sollte einfach nicht sein. Bei all dem Pech war das Zeitfenster für das Jahr 1962 geschlossen, trotzdem waren alle froh, dass die Anspannung der letzten Monate vorbei war und man konzentrierte sich mit der Ausführung, auf das kommende Jahr.

Trotz aller Querelen mit der Stasi, gelang es Werner ein paar Stufen in der Hierarchie des Krankenhauses aufzusteigen. Dessen nicht genug, hatte selbst die Stasi bemerkt, dass er ein her-

ausragender Mediziner war. Als im Klinikum in der Friedrich-
straße ein Chefarzt in Pension ging, wurde er vom Klinikchef,
der ihn noch in guter Erinnerung hatte angefordert. Das Wunder geschah, die Stasi kapitulierte und Werner wurde übernommen. Vermutlich hatten sie keine Bedenken mehr, weil
Werner und seine Familie inzwischen, frei nach Schiller: „fest-
gemauert in der DDR-Erden", auf Gedeih und Verderb, auf ihre
Gnade angewiesen war.

Gerade in diesem Verhalten der Machthaber, liegt der Keim
der Niederlage, der alle Potentaten der Weltgeschichte zu Fall
gebracht hat, wenn die Saat der „Freiheit der Völker" erblühte.
Bei jeder passenden oder unpassenden Gelegenheit bekam er
ihren langen Atem zu spüren. Er wehte schon mit Eiseshauch
durch die Kinderzimmer, Stichwort: „Junge Pioniere". Im
Sportverein: „Mitgliedschaft in der FDJ". Aufstieg innerhalb
des Betriebes: „Mitgliedschaft in der SED". Wer keine blitzsau-
bere, sozialistische Vergangenheit aufweisen konnte, wurde in
die sogenannte konterrevolutionäre Ecke gestellt, und brachte
in diesem Staat keinen Fuß mehr an den Boden.

Doch allen Diktaturen haftet der gleiche Denkfehler an, dass
ein Staat und sein Gemeinwesen nur wachsen und gedeihen
kann, wenn seine klügsten, schöpferischen Köpfe, in freier
Selbstbestimmung, sich kreativ entwickeln können. Werden
sie durch politische- oder religiöse Ideologien, Ismen oder Gesetze eingeschränkt, gehen sie in die Opposition, müssen sich
prostituieren oder mit den Mächtigen arrangieren.

Das Hauptproblem dieser Staaten ist, dass nicht die klügsten Köpfe das Land führen, sondern immer nur die Dummköpfe, die das System von Intrigen und Machtgerangel, an die
Schalthebel der Macht spült. Hinzu kommt der menschlich be-
dingte Neidfaktor, denn die mächtigen Dummköpfe sind nicht
so dumm, dass sie nicht erkennen, wenn einer kommt, der
ihnen geistig überlegen ist. Sofort wird er mit allen Mitteln ge-
kämpft.

11
Glückliche Zwischenfälle

In den Weihnachtstagen bemerkte Erika, dass sie schwanger war. Das war in jenen Zeiten ganz normal, es gab damals noch keine anderen Verhütungsmethoden als Präservative oder die unsichere Knaus-Ogino-Methode. Das bedeutete, dass das Kind im Hochsommer zur Welt kommen würde. Die Flucht mit der stillenden Mutter und einem Säugling verbot sich von selbst, da gab es keine Diskussionen. Durch den plötzlichen beruflichen Aufstieg Werners, gerieten die Fluchtpläne fast in Vergessenheit. Werner fuhr an die Autobahn und traf sich mit Alfred, um die neue Situation zu besprechen. Dann versteckte er das Gummiseil-Material auf dem Dachboden seines Hauses hinter einer Kaminverkleidung.

Ein erneuter Versuch zwei Jahre später im Jahre 1964 klappte dann beim ersten Mal wieder nicht. Schon im Anflug sahen sie durch ihre Ferngläser, dass die Wiese gerade gemäht wurde. Werner hatte Urlaub genommen, damit es nicht auffiel, wenn er immer mal einen Tag nicht zu Hause war. Er und seine Frau beobachteten mit einem Fernglas, die Szenerie vom Auto aus in ungefährlicher Entfernung, wie die Segler abdrehten und zurückflogen. Dann fuhr er mit der nun größer gewordenen Familie wieder nach Hause. Es war verabredet, dass an den darauffolgenden Tagen, jeweils ein erneuter Versuch zur gleichen Zeit gemacht werden sollte.

Diesmal war die Wiese frei von Zuschauern, Werner setzte die Landeflagge und stellte sein Auto gut sichtbar unten am Hang auf den Landwirtschaftsweg. Kurz darauf kam ein Segelflieger und kreiste noch in großer Höhe.

Werner wartete, dann stieg er aus und winkte nach oben und danach erstürmte die Familie den Hang. Kurz darauf tauchte ein weiterer Segler auf und dann schwebten beide kurz hintereinander, von Westen herkommend, auf der Berg- kuppe ein und landeten. Fritz und Alfred sprangen aus den Cockpits, schoben die Maschinen zu den Startseilen und häng- ten die Startvorrichten ein. Inzwischen hatte Werner seine Frau und das kleine Mädchen in der einen Maschine verstaut, schnell sprang Werner mit seinem Sohn auf den Hintersitz in die andere. Die Kabinenluken schlossen sich und Fritz startete als erster. Kurz darauf löste auch Alfred die Gummi-Startseile aus.

Obwohl sie von diesem Hang noch nie gestartet waren, klappte alles reibungslos. Sie hatten sich in ihrer Einschätzung, was Gleitwinkel, Wind und Thermik anbelangte, nicht ver- schätzt. Aber genau dieses Gefühlsfliegen ist Segelflugpiloten zu eigen, sie müssen es einfach beherrschen, das geht ihnen in Fleisch und Blut über. Der Flug dauerte nur gefühlte 25 Minu- ten, dann schwebten sie schon auf ihrem Heimatflugplatz ein und landeten im hintersten Eck. Dort hatten sie am Waldrand einen PKW abgestellt. Fritz erklärte Werner kurz die damals noch fast identischen Armaturen und Bedienungselemente am seinem PKW' s und schon war er mit seiner Familie aus dem

Sichtfeld der Flugleitung verschwunden. Als die Maschinen dann in den Hangar gezogen wurden, frage jemand: „Waren da nicht noch andere Personen?" „Ja, ich glaube das waren Spaziergänger oder Zuschauer, die sind aber weggefahren, als wir ausstiegen."

Endlich hatte es geklappt, die Freunde und die Familie waren wieder zusammen. Es dauerte sehr lange, bis sich ein kleines zu Hause Gefühl einstellte. Man lebte sich ein, gewann neue Freunde, doch das alte Heimatgefühl stellte sich nie richtig ein. Hinzu kam die andere Mentalität der Menschen in dieser Gegend in Deutschland. Sie war zwar nicht grundsätzlich anders, aber dieser lockere „berlinerische Stallgeruch", wollte sich nie einstellen. Dafür wurden sie aber reichlich mit dem Genuss der weltweiten Freiheit entschädigt. Sie waren dem sozialistischen Gefängnis entkommen, dem einzigen Staat, weltweit, der seine Bürger einsperrte wie die Kaninchen, inclusive eingeschränkter Redefreiheit und der ständigen Angst im Genick, etwas Falsches zu sagen, zu tun oder zu machen.

Nachträglich erhebt sich die Frage, wer mehr Angst hatte: Die Stasi vor der Bevölkerung oder die Bevölkerung vor der Stasi. Zunächst schützte sie diesen Kunststaat offiziell vor der Zerstörung durch den sogenannten Klassenfeind, die westlichen Kapitalisten. Die hatten ja angeblich nicht weiter zu tun, als im Osten eine Konterrevolution anzuzetteln. Weiterhin schützten sie die erheblichen Privilegien der Machtinhaber, angefangen vom Ministerpräsidenten bis zum kleinsten Funktionär. Es galt der Grundsatz: Wer nicht für uns ist, der ist gegen uns. Ohne, dass es jemand bemerkte oder beanstandete, bildete sich eine Führungskaste heraus, die das Volk der sozialistischen Ameisen zum Zwecke des Erhalts, ihres eigenen Wohlstandes und ihrer Besitzstände domestizierte. Es hatte sich nichts geändert, seit den vergangenen tausenden von Jahren, außer dass man sich die klangvollen Beinahmen sozialistisch und demokratisch gegeben hatte.

12
Die Neubürger

Klaus und Inge hatten für die Neubürger der BRD, die schon vor zwei Jahren angemietete Eigentums-Wohnung von der Wohnungsbaugesellschaft erworben und zwischenzeitlich nur an Studenten der Fachhochschule in Fulda möbliert vermietet. Dadurch konnte Werner mit seiner Familie die Wohnung sofort nutzen und sich in die neue Umgebung einleben. Erst als Werner eine Anstellung als Arzt im Klinikum Fulda erhielt, meldete er sich bei den Behörden polizeilich an. Die Zuweisung zum neuen Wohnort erhielt die Familie ohne Probleme, weil sie schon eine Wohnung und er einen Arbeitsplatz nachweisen konnten. Das war damals noch die Grundvoraussetzung, für die Zuweisung in ein von ihnen gewünschtes Bundesland, durch die Flüchtlingsämter. Andere Flüchtlinge wurden den Flüchtlingslagern der Bundesländer zugewiesen, was aber nicht bedeutete, dass sie dort auch bleiben mussten. Doch zunächst waren sie froh betreut zu werden, bis sie sich eingelebt und beruflich orientiert hatten. Jeder Mensch in der BRD konnte sich immer frei bewegen, sich gesellschaftlich und beruflich entfalten und seinen Wohnort wählen. Die Zuweisungen in die jeweiligen Bundesländer, dienten nur der etwa gleichmäßigen finanziellen Aufnahme-Belastung und den vorhandenen Kapazitäten der Bundesländer.

13

Ein Kuriosum, war, dass die Stasi wohl das Fehlen der Familie Ottensen feststellte, jedoch nie ermitteln konnte, auf welchem Wege sie in den Westen entkommen waren. Das klärte sich erst auf, als der Sohn des ehemalige LPG-Bauern Hanschke, dem die Bergwiesen gehörten, auf denen die Flucht stattgefunden hatte, sich nach der sogenannten Wende bei Werner meldete. Aber da gab es keine Stasi mehr. Der Vater hatte von der Flucht zwar nichts mitbekommen, aber beim Mähen seiner Wiesen, den verlassenen Wartburg und die Startergummis entdeckt. In dem Fahrzeug steckte noch der Zündschlüssel, niemand war zu sehen und als der Wagen und die Seile beim Mähen im Wege standen und lagen, packte er sie in den Kofferraum und fuhr den Wagen einfach zur Straße hinunter. Als er mit seiner Arbeit fertig war, dämmerte ihm so langsam, was da abgelaufen war. Ganz genau konnte er sich das Ding nicht erklären, aber als Geschädigter der LPG-Vergemeinschaftung, war er auf diesen Staat so wütend, wie man es nur sein konnte, wenn man seine bäuerliche Existenz zerstört sah. Im Handschuhfach fand er die Wagenpapiere, die Werner Ottensen, als Besitzer auswiesen. Nun war ihm klar, dass der auf Nimmerwiedersehen, über die Grenze abgehauen war.

Er überlegte nicht lange, die Seile hatte er ja schon im in den Kofferraum verstaut, setzte sich in das Auto und stellte ihn zu Hause in seine Scheune. Dann deckte er ihn mit ein paar Wagenplanen zu, die man früher zum Abdecken von Heu und Stroh verwendet hatte. So vermied er die ganzen Verhöre und Verdächtigungen, die man ihm mit Sicherheit anhängen würde. Eventuell wurde ihm noch die Beihilfe zur Republikflucht angehängt und dafür wäre er ins Gefängnis gewandert.

Vor dem Wintereinbruch ließ er noch das Kühlwasser ab, damit der Motor keinen Schaden erlitt. Dort stand er fast 40 Jahre lang unberührt und wartete auf seinen Besitzer. Als der Sohn des Bauern Feldmann im Handschuhfach die vergilbte DDR-KFZ-Zulassung entdeckte, forschte er im Internet nach einem Dr. Werner Ottensen und siehe da, die Adresse stimmte immer noch, denn der lebte wieder in seinem ererbten Haus in Köpenick. Sogar die Telefonnummer stimmte noch. Wunder gibt es immer wieder, Fritz und Alfred hatten die Wende noch erleben dürfen, sie waren inzwischen in einem Alter, wo man das Leben aus einer genussreichen Position betrachtet, ließen sich diese einmalige Gelegenheit, nicht entgehen und holten zusammen mit Werner, das Wartburg-Auto mit einem ausgeliehenen Abschleppanhänger „nach Hause".

Um die zwei Grundstücke der Familien gab es nach der Wende noch ein heftiges Gerangel, denn in den vergangenen 25 Jahren hatten sich die Eigentumsverhältnisse in der DDR verändert. Von den geflüchteten DDR-Bürgern, wurden die Häuser umgenutzt, man konnte sich anscheinend nicht vorstellen, dass der Sozialismus eines Tages zusammenkrachen würde wie ein Kartenhaus. Dabei war gerade diese Vergemeinschaftung, einer der Hauptgründe für den Zusammenbruch des kommunistischen Systems. Der Denkfehler lag und liegt in der Verleugnung der menschlichen Eigensucht:
„Jeder denkt zuerst an nur sich und an seinen Besitzstand, der des lieben Nächsten, kümmert ihn herzlich wenig und das gemeinschaftliche Gut, noch weniger oder überhaupt nicht mehr."

Diese Verhaltensweise kann man allerdings bei allen Lebewesen erkennen. Nach der Wiederherstellung der deutschen Einheit, erhoben die ehemaligen Besitzer oder die Erben, ihre Ansprüche auf Widerherstellung in den vorherigen Stand.

Dem wurde von den Gerichten in den meisten Fällen stattgegeben. Ausgenommen waren nur die Enteignungen, welche durch die Sowjetische Besatzungsmacht vorgenommen worden waren. Auf Antrag erhielten aber auch diese Geschädigten vom Bundesdeutschen Staat, über das Amt für Lastenausgleich, eine angemessene Ausgleichszahlung, die allerdings nicht den tatsächlichen Verkehrswerten entsprachen. Im Falle von Klaus und Werner mussten die „neuen Besitzer", - entweder ausziehen oder das Grundstück vom Vorbesitzer erwerben. Die ehemaligen Berliner bestanden aber auf den Auszug, weil sie wieder in ihrer angestammten Heimat leben wollten.

Es war ein langer Kampf gewesen, die Kinder und Enkel beider Familien, waren mit der neuen Heimat der Eltern, die aber ihre eigene geworden war und durch die Schwiegereltern ihrer Kinder mehr verbunden, als die einst auf wundersamer Weise durch die Luft, dem DDR-Regime entkommenen Großeltern. Nun war es endlich vorbei mit den I'ems, (Informelle Mitarbeiter der Miele-Stasi) dem Spitzelsystem, das bis in die Familien hineingekrochen war und selbst die Kinder mit einbezog. Sogar in den allerkleinsten Betrieben waren sie implementiert und meldeten alle „Vorkommnisse", oder Ereignisse, die sie für wichtig hielten, ja für überlebenswichtig für den Aufbau des Sozialismus. Doch daran baute man nun ja schon 44 Jahre lang. Doch die Baustelle war inzwischen zur Spitzel-Ruine verkommen, in der viele Opportunisten sich ganz kommod eingerichtet hatten, die um ihre Stellungen und Pfründe bangen mussten.

Im Grunde genommen, hatte man die Ausbeutung des Menschen, durch den Menschen nicht abgeschafft, sondern nur umgestaltet. Aus dem Bauernknecht ohne Rechte wurde der LPG- Mitarbeiter, ohne Rechte, er hatte einfach nur das Maul zu halten. Wurde er auffällig, landete er im Gulag. Einschüchterung und Unterdrückung, die man ja abschaffen wollte, waren an der Tagesordnung. Man beruhigte sein Gewissen damit, dass das alles für den in der Zukunft zu erreichendem Sozialismus, wo alles endlich allen gehören würde, eben notwendig, ja unerlässlich sein würde. Jegliche Kritik wurde als staatsfeindliche Agitation abgestraft.

Entkommen konnte man dem System nur tot, als Dissident oder als Rentner, wenn man einen Ausreiseantrag stellte. Die Rentner waren ja nur noch nutzlose Fresser, deshalb schob man sie gern in den Westen ab. Die Schikanen, die selbst alten DDR-Menschen angetan wurden, wenn sie dieses Land verließen, möchte ich am Ende dieses Buches noch erzählen, damit sich der werte Leser ein Bild von der Grausamkeit diesen Systems machen kann.

Mielkes System erfasste alle Menschen in der DDR, und die gesamten damals vorhandenen Informationssysteme, wie Post, Telefon, Telegramm, sowie die so genannten Informellen Mitarbeiter. Letztere wurden meistens genötigt andere zu belauschen oder auszuspionieren. Sehr beliebt waren auch Erpressungen bei Personen, denen man ein kleines Vergehen vorwarf, zu I' ems zu werden. Man handelte konsequent nach dem Grundsatz:

>Ich liebe den Verrat, aber nicht den Verräter<

Ein abgewandelter Ausspruch von Gaius Julius Caesar und hatte keinerlei Skrupel. Mit jedem dieser erzwungenen Verräter, schaffte sich das Mielke System neue Gegner, bis in die Spitzen der Parteioberen und bei allen noch vorhandenen aufrechten Menschen. Am Ende traute der seit dem 09.08.1931, wegen zweifachen Mordes an Polizisten gesuchte Mielke, sich selber nicht mehr. Doch endlich nach 60 Jahren ereilte ihn die Gerechtigkeit und er kam nach der Wende 1989 wegen der Morde vor Gericht.

https://de.wikipedia.org/wiki/Erich_Mielke

14
Die Rückkehrer

Sie hatten zurückgefunden, doch was hatten sie vorgefunden? Statt des Hauses, dass sie vor 27 Jahren verlassen hatten, eine Wohnruine. Gegenüber ihrer ersten Flucht gen Westen, wo sie in eine wohlgeordnete Welt im Aufbau gelangten, kamen sie nun in ein neues Chaos, das geordnet, und von den Rückständen der SED-Diktatur gesäubert werden musste. Als ehemalige Bürger dieser Stadt Köpenick, gehörten sie nun zu den wenigen privilegierten und politisch unbelasteten, denen man zutraute, eine neue reale Welt zu schaffen. Der runde Tisch machte Schule und bald saßen die Freunde auch in Köpenick daran, und versuchten das Chaosmonster Kommunismus zu verscheuchen. Wie waren sie nur darauf gekommen, ihre neue Heimat zu verlassen? Doch sie trösteten sich damit, dass Fulda, wo ihre Nachkommenschaft lebte, nicht sehr weit weg und über die Autobahn in ein paar Stunden zu erreichen war.

Das erste, was ihnen entgegenschlug war die Aussage einer älteren Dame der Tischrunde:

„Na Ihr, Ihr seid ja damals abgehauen und wir mussten das alles 30 Jahre lang aushalten. Jetzt kommt ihr zurück, stellt Ansprüche und wollt alles zurückhaben." Bumm, diese Unverfrorenheit, überstieg das Maß des Erträglichen.

„Hören Sie", sagte Werner zu ihr, „ich schlage vor, dass wir uns erst einmal unsere Lebensgeschichten erzählen, bevor wir in medias res gehen. Was halten Sie davon."

„Was wird dabei schon rauskommen?"

„Mich würde nur mal interessieren, welche Funktionen die Teilnehmer an der Tischrunde in DDR-Zeiten bekleidet haben. Außerdem sind wir von Ihrer Runde hier aufgefordert worden teilzunehmen, weil Ihnen die Erfahrungen von 44 Jahren in der westlichen Hemisphäre fehlen, die kennen sie vermutlich nur aus dem Fernsehen und der DDR-Propaganda eines Karl Eduard von Schnitzler. Ich möchte gleich von Anfang an feststellen, dass wir uns hier nicht vorgedrängelt haben, sondern von Ihrer Runde als Berater berufen wurden."

Hier griff der Vorsitzende der Runde, Herr Hempel, von allen „Sofa" genannt ein, und unterband das Wortgeplänkel mit seiner großen Rathaus-Sitzungsklingel.

„Liebe Freunde, wir möchten hier und heute keine schmutzige Wäsche waschen, sondern mal bei uns unter dem Sofa gründlich aufräumen."

Damit nahm er schmunzelnd auf seinen Spitznamen Bezug, der inzwischen in Deutschland als Synonym für chaotisch, unaufgeräumt, unordentlich bekannt ist.

„Unsere Teilnehmer wurden handverlesen und sind speziell ausgewählt worden. Wir haben uns in einem ersten Gespräch darüber verständigt, dass auch alte SED-Mitglieder teilnehmen sollen, schließlich sind nur sie es, die uns über Details aus der Vergangenheit berichten können. Weiterhin wurden Experten berufen, welche die Entwicklung der westlichen Zonen kennen und ihre Erfahrungen einbringen werden."

Klaus hob die Hand und sagte:

„Meine Damen und Herren, Werner und ich, sind Ihnen zwar keine Rechenschaft schuldig, aber den Vorwurf, dass wir uns in den Westen abgesetzt haben, uns dort ein schönes Leben machten und die in der DDR verbliebenen Bürger die kommunistische Suppe auslöffeln mussten, welche die Zeitgeschehnisse dem deutschen Volk eingebrockt hatten, kann und will ich nicht auf uns sitzen lassen."

Jetzt meldete sich Werner zu Wort und erzählt weiter:

„Wir waren noch halbe Kinder, als man uns an die Flakgeschütze stellte. Unsere heutigen Frauen rieten uns, lieber den Lebenden zu helfen, statt noch mehr Menschen zu töten. Wir wechselten zum Deutschen Roten Kreuz und wurden später, wegen unserer Englischkenntnisse von Gymnasium, als Sanitäter an der Westfront eingesetzt. Kamen in amerikanische Gefangenschaft und dadurch nach Amerika. Als wir nachhause kamen, wurden wir von der russischen NKWD als amerikanische Spione verhaftet und in ein russisches Gefangenenlager eingesperrt. Fast wären wir darin verreckt, uns retteten nur unserer medizinischen Kenntnisse und deshalb waren wir in diesem Lager unabkömmlich, sonst wären wir in dem vom Nobelpreisträger Solschenizyn hinlänglich bekannten „Archipel Gulag" gelandet.

(Sowjetisches System der Arbeitslager, das waren Konzentrations- und Arbeitslager. Wer unter die Räder des stalinistischen Massenterrors geriet und nicht liquidiert wurde, der verschwand meist für Jahre oder Jahrzehnte in einem der gefürchteten Straflager, starb dort an Unterernährung, an der sibirischen Kälte oder wurde >auf der Flucht erschossen<.)

Als wir endlich freikamen, war unser Weg vorgezeichnet, wir wollten in der DDR-Medizin studieren. Das wurde uns >als amerikanische Spione< aber verweigert. Also studierten wir in Westberlin, wo man uns als erfahrene Fachkräfte mit Kusshand aufnahm. Danach arbeiteten wir einige Jahre in der Charité in Westberlin und wohnten weiterhin in Köpenick. Als die Mauer gebaut wurde, war Klaus gerade mit seiner Familie bei Verwandten im Westen und fuhr nicht mehr nachhause. Ich blieb, wegen meiner Mutter, die ich in ihrem Alter nicht allein lassen konnte, mit meiner Familie in Köpenick. Mit meiner Vita war ich, als ehemaliger Chefarzt einer Abteilung in der Charité, mit entsprechender Dotierung in DM-Mark, in der DDR plötzlich nur noch ein kleiner Assistenzarzt. Das reichte den Machthabern offensichtlich noch nicht, um mich zu demütigen, die Repressalien gingen weiter. Man verlangte von mir, meine Ersparnisse, die natürlich auf meinem Gehaltskonto im Westen lagen, in DDR-Mark eins zu eins umzutauschen."

„Was haben Sie dann getan, denn der Besitz von DM-West, war ja im Osten strafbar?", fragte jemand.

An diesem Punkt meldete sich Klaus Herzog wieder und erzählte weiter:

„Werner und ich hatten uns schon vorlängerer Zeit und für unvorhersehbare Fälle, gegenseitige Bankvollmachten erteilt, die es mir ermöglichten, das Konto von meinem Freund Werner aufzulösen. Fortan gab es ein Treuhand-Sonderkonto auf meinen Namen an unserem neuen Wohnort im Westen Deutschlands. Diese Anordnung ermöglichte uns, in den Folgejahren öfters kleinere Geschenkpakete in die DDR zu schicken, wenn Werners Familie etwas benötigte, was es im Osten nicht ab. Der Restbetrag stand ihm nach seiner Flucht in den Westen wieder zur Verfügung."

„So, nachdem das geklärt ist, können wir dann mit unseren Beratungen beginnen. Unser Ziel ist, eine gute Mischung aus unbelasteten und ehemaligen DDR-Verwaltungsangestellten zusammenzustellen, die uns in die Neuzeit führen sollen. Vom Westberliner Senat wurde uns Frau „Güttler" geschickt, die ich Ihnen hiermit vorstellen möchte. Sie wird uns in allen Belangen beraten und unterstützen. Frau Güttler, Sie haben das Wort."

15

Epilog

Da saßen sie nun, nach ihrer Zurückflucht, waren bemüht die Schäden welche die Russen und ihre übereifrigen karrieregeilen deutschen Parteigänger angerichtet hatten, wieder zu beheben und mussten sich noch von diesen Dummköpfen beschimpfen lassen.

„Ihr seid ja damals abgehauen!"

Das war der Tenor, der durch die Gassen hallte und die Gehirne der ehemaligen Genossen vernebelte. Das mit der Vergemeinschaftung hatte nicht geklappt. Das Eigentum anderer Menschen, welches fleißige Hände in Jahrzehnten erarbeitet hatten, dass sich der Sozialismus angeeignet hatte, wollten sie nun auch behalten. Plötzlich wussten die Genossen wieder, was Eigentum war. Schimpften wie die Rohrspatzen, wenn ein „damals abgehauener" zurückkehrte, um sein ererbtes Haus, Land oder den Boden, der in Jahrtausenden von den tüchtigen Vorfahren, dieses Volkes beackert worden war, zurückhaben wollte.

Heruntergewirtschaftete Betriebe, eigentlich nur noch Ruinen, sollten weiter betrieben werden, dabei hatten sie auf dem Weltmarkt überhaupt keine Chance und auch keine Existenzberechtigung. Dass sie überhaupt noch existierten, verdankten sie den ameisenfleißigen Werktätigen der DDR-Wirtschaft, die mit Billiglöhnen, Waren für den Export produzierten. Von den Erlösen finanzierte sich der aufwendige Armee- und Polizei- Apparat, sowie der Staatssicherheitsdienst von Mielke. Der Hauptgrund für den Zusammenbruch des Sozialismus, waren aber mit Sicherheit die Blutsauger in der Sowjetunion, die weiterhin die DDR-Wirtschaft ausbeuteten. Das Problem dieses wirtschaftlichen Ausbeutungssystems war schlicht und einfach, dass man in der DDR nicht in der Lage war, die Waren zu

Weltmarkpreisen zu produzieren. Man hatte zwar die Arbeitskräfte, aber es fehlten die notwendigen Technologien und Maschinen-Parks, sowie das know how, vor allen aber das geschäftliche Management, um auf den Märkten mithalten zu können. Ein Übriges verschuldete der allgegenwärtige Überwachungsstaat, der kein Vertrauen in die Menschen setzte und überall Spione, Saboteure und Konterrevolutionäre vermutete. Um vom eigenen Versagen abzulenken, wetterte man gegen den sogenannten Klassenfeind, den Kapitalisten, der letztlich so erfolgreich war, weil er die Freiheit des Denkens und Handelns förderte.

Diese Schwäche des Sozialismus führte mit seiner so hochgelobten Planwirtschaft dazu, dass der Bestand an Gebäuden, Straßen und Produktionsanlagen, nach und nach verrottete. Das System der Planung, bestand in der Zuteilung von Material an die Betriebe, das in jedem Jahr verarbeitet werden musste. War es aufgebraucht, konnte man nicht einfach nachbestellen, sondern trat auf der Stelle, bis man neues Material zugeteilt bekam. Das war der Plan, eine Kosten-Kalkulation war ebenfalls nicht zulässig. Jedes Stückchen Rohr, Fitting oder der lfdm, (laufende Meter) musste mit einem Festpreis verarbeitet und dem Kunden in Rechnung gestellt werden. Schwierigkeitsgrade, Anfahrt- oder andere Kosten, die bei jeder Arbeit anfallen wurden nicht berücksichtigt. War das Material alle, galt der Plan als erfüllt. Man klopfte sich gegenseitig auf die Schulter und beglückwünschte sich jedes Jahr erneut, zur erfolgreichen Planerfüllung. Das führte zu einem Bummelsystem, man musste ja bis zum Jahresende nur das Material verarbeiten, also ließ man sich reichlich Zeit bei jeder Arbeit. Wurde in einer Straße ein Loch gebuddelt, saß einer unten drin und arbeitete, die anderen standen auf ihre Schaufeln gestützt, am Loch-Rand und schauten dem unten zu.

Ging man in eine Gaststätte, wurde man platziert. Ein Einweiser kam auf die Gäste zu und wies ihnen Ihre Sitzplätze an. Das ging so weit, dass fünf Personen getrennt an zwei Tischen sitzen mussten, weil gemäß Plan, nur Vierplatz-Tische vorgesehen waren. Holte man sich einen überzähligen Stuhl vom Nachbartisch, bekam man vom Einweiser sofort einen Anranzer, der übelsten Art verpasst. Freundlichkeit und Hilfsbereitschaft gegenüber der Kundschaft, war selten zu erleben. Man war ja auch nicht darauf angewiesen, dass die Kunden wiederkamen! Es gab ja nicht allzu viele Lokale, also mussten sie ja wiederkommen.

Oft standen die Menschen Schlange, um einen Sitzplatz zu ergattern und mussten warten, bis andere das Lokal verließen, doch das ging den Bediensteten am Ar... vorbei, obwohl im Nebenraum noch zehn Tische frei waren. Fragte man nach, warum, bekam man immer die gleiche Antwort: man erwarte noch eine Delegation, die natürlich nie kam. Der Grund für die freien Tische, waren entweder Faulheit oder fehlende Nahrungsmittel. In Bad Saarow am Scharmützelsee, wollte man uns zum Abendessen neben den rauchenden Skatbrüdern platzieren, obwohl der schöne Nebenraum mit fünf Tischen leer war. Erst nach massiven Protesten und der Drohung, dass wir uns bei seine HO-Handels-Organisation beschweren würden, gab der Objektleiter (Wirt) einen der leeren Tische frei.

Dieser Schlendrian, war das Ergebnis der endlosen Gängelei, die Leistung nicht belohnte, sondern bestrafte, sie trug letztlich maßgeblich zum Untergang der DDR bei. Mittagessen gab es nur von 12 – 2 Uhr, wollte man nach dem Mahl noch einen Kaffee trinken, bekam man die Auskunft: Kaffee gibt es erst ab 16 Uhr. Schaute man durchs Schiebefenster in die Küche, sah man das Personal, das ja hätte Kaffee kochen können, gemütlich beieinanderhocken und Ratschen. Diese Effekte verstärkten sich zunehmend, durch die nach und nach in Rente gehenden alten, noch aus der kapitalistischen Epoche stammenden

Zeitgenossen, die noch unter dem von früher gewohnten Zeit und Leistungsdruck gearbeitet hatten. Ja, so ist er halt der Mensch, wird er nicht gefordert oder für Leistung belohnt, läuft er nicht zur Höchstform auf, sondert stellt seine Energie auf Sparflamme.

Die Zuordnung der handelnden Personen

Personen	Personen	Zuordnung
Erika Wohlig	Kaufhaus Wohlig	Enkelin und Freundin und Frau von Werner
Hans Werner Ottensen	Sohn der Ottensens	Gymnasiast und später Arzt
Brigitte	Ottensen	Tochter
Marie		Tochter von Erika und Werner
Inge	Schiemenz	Freundin von Erika
Klaus	Herzog	Freund von Inge und später Arzt
Irma und Alfred	Herzog	Eltern von Klaus
Ella	Ottensen	Mutter von Werner
Fritz	Kossack	Zweiter Ehemann von Ella Ottensen jetzige Frau Kossack
Hanschke	Vater und Sohn	Bauern aus Birx

***

16

Der Abschluss der DDR-Vergangenheit

Wie sollte er auch verlaufen, genauso wie es begonnen hatte, mit Lügen, Ungerechtigkeiten und kriminellen Sachverhalten. Statt Aufarbeitung und Einsicht in die aufgelaufene Schuld, war es ein so weiter wie gehabt und draufklopfen auf die geschundene Seele.

Wir waren in unserem alten Kanuverein zu Gast, Handrick, der Stadtuhrmacher sitzt im Kanu auf der Veranda, sieht mich und proletet gleich los:

„Nau du, du bist ja damals abgehauen!" Natürlich hat der keine Ahnung warum ich in den Westen gehen musste. Aber wie immer große Schnauze und blödes Zeugs reden. So ist es bis heute geblieben mit der Aufarbeitung ihrer DDR-Vergangenheit bei vielen ehemaligen DDR-Bürgern. In manchen Dingen, wie in der sozialen Gerechtigkeit, haben sie sogar recht, doch sie hinterfragen zu wenig die machbaren Realitäten. Immer wieder wird behauptet, dass „Die Westdeutschen" ihre so guten sozialistischen Arbeitsplätze zerstört und die angeblich gut funktionierenden Betriebe in der DDR dichtgemacht hätten. In vielem mögen sie vielleicht auch da recht haben. Sie realisieren jedoch nicht, dass die meisten Firmen unrentabel arbeiteten und auf dem Weltmarkt keine Chancen hatten, ihre Produkte zu vermarkten. Dabei lassen sie völlig außen vor, was an neuen Wirtschafts-Industrien inzwischen aufgebaut worden ist und wie viele Milliarden aus dem Westen in den Osten geflossen sind. Milliarden, die hier im Westen auch in die Infrastruktur hätten fließen können. Der ehemalige Finanzminister Theo Waigel schätzt, dass in den vergangenen dreißig Jahren, etwa 2,5 Billionen Euro vom Westen in den Osten geflossen sind. 2500 Milliarden ist sehr viel Geld und trotzdem war die Einheit letztlich fast kostenlos, weil sie sich langfristig auszahlen wird.

Lesen Sie hierzu WikipediA:
https://de.wikipedia.org/wiki/Kosten_der_deutschen_Einheit

Hier ein kleiner Auszug:

Die Kosten der deutschen Einheit setzen sich aus der Über-
nahme von DDR-Verbindlichkeiten, Transferleistungen für die
neuen Bundesländer und weiteren einigungsbedingten Son-
derausgaben zusammen. Für die Gesamtkosten (Stand 2014)
der deutschen Einheit einschließlich des Sozialtransfers, liegen
die Schätzungen zwischen 1,3 und 2,0 Billionen Euro, jährlich
um etwa 100 Milliarden Euro steigend. Ein großer Teil davon
sind Sozialleistungen, die über Transfers in der Renten- und Ar-
beitslosenversicherung finanziert werden. Die reinen Aufbau-
hilfen aus spezifischen Programmen zur Verbesserung der Infrastruktur und zur Förderung von Unternehmen im Bereich der
neuen Länder, der Aufbau Ost, summieren sich auf etwa 300
Milliarden Euro.

Die Frage der Kosten der Einheit spielte in der politischen Diskussion der Jahre 1989 und 1990 nur eine untergeordnete
Rolle, weil der ideelle Wert der Wiedervereinigung ungleich
wichtiger eingeschätzt wurde. „Jedes Projekt von historischer
Dimension, wie es die deutsche Einheit zweifellos darstellt, hat
auch eine pekuniäre Seite." Allerdings wurden die Kosten auch
deutlich unterschätzt. Im Jahr 1990 ging die Bundesregierung
davon aus, dass zur Finanzierung der Einheit keine Steuererhö-
hungen nötig sein würden. Hingegen schätzte Matthias Wiss-
mann, damals wirtschaftspolitischer Sprecher der CDU/CSU-
Bundestagsfraktion, im Februar 1990 die Kosten auf 455 Milliarden Euro. Mit Blick auf die Geschichte bleibt allerdings auch
zu fragen, welche Alternativen bestanden hätten, so insbeson-
dere bei der Ausgestaltung der Währungsunion und der Privatisierung der DDR-Betriebe. Karl-Heinz Paqué schreibt dazu in
einem Beitrag für die Bundeszentrale für politische Bildung:

„Der Aufbau Ost war unvermeidlich, und zwar im Wesentlichen genauso, wie er geschah: Mit sofortiger Währungsunion, mit zügiger Privatisierung, mit massiver Wirtschaftsförderung. Realistische Alternativen gab es nicht, und zwar wegen der hohen Mobilität der Arbeitskräfte als Frucht und Preis der Freiheit. Die Deutschen haben den richtigen Weg gewählt. Sie können darauf stolz sein." Die Einschätzung, dass es zu dem zeitlichen, politischen und vor allem wirtschaftlichen Rahmen keine zweite historisch, moralisch und politisch legitime Möglichkeit gab, wurde und wird von den verschiedenen Politikern geteilt. Trotz der überall sichtbaren Erfolge der richtigen Politik, das Altes sterben muss, damit Neues wachsen kann, hören die Klagen der älteren DDR-Bevölkerung nicht auf, dass „der Westen" an allem schuld ist. Sicherlich passieren bei einem solchen kapitalen Umbruch auch Fehler, aber die wurden dann von beiden beteiligten Seiten gemacht, nicht zuletzt war eine ehemalige DDR-Bürgerin 16 Jahre lang deutsche Bundeskanzlerin. Sie hätte es doch zuallererst in der Hand gehabt, alles besser zu machen? In den letzten Monaten wird nun massiv gegen die neue Tesla-Produktionsstätte opponiert, das klingt fast so, als wolle man nun die ganze Märkische Heide abholzen. Und Wasser soll es dort auch keines mehr geben? Ja wie denn nun, wer hat denn die Trockenheit der ehemaligen Sumpflandschaften zu verantworten? Das war doch wohl eher die DDR selber, mit ihrem Braunkohle-Raubbau, der ja nun eingeebnet werden soll. Ich stamme aus Spremberg. Als mein Vater aus Russland zurückkam, hatten wir in 4 Meter Tiefe schon Wasser im Brunnen. 10 Jahre später sackte der Wasserspiegel auf 8 Meter ab und wir mussten die Brunnenringe absenken. Heute ist er schon lange trockengefallen und das Haus hat einen Stadtwasseranschluss.

Ja, so fragt man sich, wo ist es denn geblieben, das Wasser? Es wird beim Tagebau abgepumpt und fließt als gelbe Ockerbrühe die Spree runter nach Berlin. In den Wäldern um Spremberg und in der gesamten Landschaft, auf die die Märker so Stolz singen:

„Märkische Haide, märkischer Sand,
sind des Märkers Freude, sind sein Heimatland."

Nun den Sand haben die Gletscher gemahlen, aber die Umwandlung des ehemaligen Sumpfes, in eine Dürrelandschaft, hat der Mensch zu verantworten. Und auch die Spargel-Wälder, die er hinterlassen hat. In den 75 Jahren nach dem 2. Weltkrieg sind die Bäume in der Haide höchstens 5 cm dicker geworden oder eingegangen. Im Moment regen sich die Leute darüber auf, wenn Tesla für seine Industrie-Ansiedlung, einen Quadrat-Kilometer Wald abholzt. Wald kann man das dürre Spargelholz schon lange nicht mehr nennen. Und man stöhnt, wieviel Wasser so eine Fabrik benötigt? Das Wasser ist ja da, man darf es nur nicht den berühmten „Bach runtergehen lassen", also nicht in die Spree einleiten, sondern man hätte es schon vor Jahrzehnten aufstauen, aufbereiten sollen, der Landwirtschaft und den Wäldern zuleiten müssen. Man hätte es auch über lange Wasserwege in die Landschaft zum Versickern einleiten können, nur, das kostet eben ein bisschen und dafür ist angeblich kein Geld dagewesen. Teilweise hat sich ja die Landschaft durch die aufgelassenen Tagebaue, die sich ohne den Menschen mit Wasser füllen, wieder etwas erholt und man kann nur hoffen, dass die Kohleförderung bald ein Ende hat.

Eine weitere Problematik der ehemaligen DDR-Bürger ist, dass sie partout nicht einsehen wollen, warum 3,8 Millionen Menschen bis 1989 die kommunistischen Unrechtsstaaten, so werden sie heute noch genannt, verlassen haben. Ich meine allerdings es waren Verbrecherstaaten, wie die Geschichte über sie urteilen wird, bleibt abzuwarten. Denn die verbrecherischen Systeme in Russland und einigen umliegenden Staaten sind ja keineswegs beendet, sondern mutieren in lustigem Urstand, als ob sich die Welt nicht verändert hätte.

Doch nun zu meinem unmittelbaren und selbst erlebten Schicksal und Nachkommunistischen Ungerechtigkeiten in meiner Heimatstadt 03130 Spremberg N/L. muss ich den Stadt-Müttern und Vätern einiges ins Stammbuch schreiben. Da ist zunächst einmal die Tatsache, dass der DDR-Staat seinen Kriegerwitwen keine Renten bezahlt hat. Sie mussten nicht nur den Verlust ihrer Männer verkraften, sondern auch ihre Kinder irgendwie großziehen. Zu alldem Unrecht, machte man ihnen noch Schwierigkeiten, wenn sie ihre „geerbten Betriebe" weiterbetreiben wollten, um zu überleben. Was noch einigermaßen funktionierte, wurde vom Kommunismus plattgemacht. Wer nicht nach der Pfeife der SED tanzte, wurde ausgegrenzt und fertiggemacht. Eines der probaten Mittel dazu, war die Behauptung einer Unterschlagung in der eigenen Firma. Eine geradezu lächerliche Charade, wie sollte jemand, der aus Schutt und Asche seine Firma wieder in Betrieb nahm, bei der vorhandenen Waren und Materialknappheit etwas unterschlagen, wo er doch froh sein musste, wenn er überhaupt etwas zu verkaufen hatte. Den Bürgern blieb keine Wahl: Entweder in den Westen „abhauen" oder abducken, das ging bis zur Selbstverstümmelung, des Verstandes. Karrierechancen hatte man nur über die Mitgliedschaft in der SED.
Gehirnwäsche ist das widerwärtigste, was einem intelligenten Menschen passieren kann. Er muss sich bis zur Unkenntlichkeit verbiegen und kann am Ende nicht mehr in den Spiegel schauen. Genau wird nicht mehr zu ermitteln sein, wie viele Menschen dem Kommunistischen Terror-Regime zum Opfer fielen. Angeblich wollte man den sozialistischen Menschen erziehen, tatsächlich aber, mauerten sich die DDR-Machthaber

mit russischer Rückendeckung in ihren gemütlichen Datschen und im Wohlleben ein. Honecker besaß 18 Volvo-Luxus-Limousinen und die Funktionäre bekamen Gutscheine und sogar D-Mark, zum Einkauf in den wundersamerweise >Intershop< genannten staatlichen Geschäften, ein seltsames englisches Synonym für einen von Russland kontrollierten, kommunistischen Staat. Jeder der Aufmuckte, ging ins Gefängnis, Eltern wurden die Kinder weggenommen und wer einen Ausreiseantrag stellte, musste sein Hab und Gut zurücklassen. Ein altes Sprichwort sagt: Unrecht gut gedeihet nicht. Wohl wahr und so ging es Schritt für Schritt abwärts. Wie die Menschen wirklich dachten, merkten die DDR-Oberen erst, als sie die Straße mit Aufmärschen und Sprechchören überrollte. Man versuchte noch zu retten, was nicht zu retten war und dann kam noch dieser Günter Schabowski, mit seinem berühmten „unverzüglich" und öffnete die Übergänge nach Westberlin.
https://de.wikipedia.org/wiki/G%C3%BCnter_Schabowski

Aber auch im Aufräumprozess nach der Wende, ging es nicht nach Recht und Gewissen zu, weil die gleichen Betonköpfe in den Amtsstuben herrschten und jeden Versuch, einer Aufarbeitung der Schande und des Unrechtes sabotierten. Meine Familie gehört zu diesen Geschädigten der Hitlerzeit und des Post-Kommunismus. Was Generationen aufgebaut hatten, wurde enteignet und danach unter staatlicher Misswirtschaft zerstört. Die Großeltern meiner Frau hatten in Spremberg am Marktplatz einen gut gehenden Frisörsalon. Das Haus wurde bei Bombenangriffen zerstört, der Obermeister Adolf Budich, zwangsweise zum Volkssturm eingezogen, starb bei Gosda im Granatenhagel der russischen Artillerie. Nicht genug des Unglückes, nahm man seiner Witwe auch noch das letzte was sie besaß ab. Angeblich sollte der Marktplatz neu bebaut werden, deshalb fuggerten ihr diese SED-Verbrecher, auch noch das Marktgrundstück für den berühmten Apfel und ein Ei ab. Jahrzehntelang wurde nicht nur am Markt, sondern in der ganzen Stadt kein nennenswertes Gebäude errichtet, sondern man ließ die gesamte Bau-Substanz verfallen und verkommen. Als dann nach der Wende der Markt tatsächlich neu bebaut wurde, beriefen sich die Stadtväter auf diesen ominösen aufgezwungenen „Vertrag", der keiner war und verhökerten für viel Geld diese, und angrenzende Grundstücke an Investoren. In Zahlen: 1200 m² zum damaligen Quadratmeter Preis = rundgerechnet 300- 400.000,00 Euro, flossen so zum Nachteil der rechtmäßigen Besitzer, den Erben der Familie, in das Stadtsäckel. Eine Schweinerei ohne Gleichen, die aber auch dem ehemaligen Kanzler Kohl und dem Verhandler der Deutschen Einheit, und dem DDR-Verhandler Herrn Günther Krause, geschuldet ist.

Mein Vater, der mehrfache Aktivist der DDR, der für die ganze Stadt Spremberg, den „Bau Schwarze Pumpe" und in der Umgebung, im VEB-Kreisbaubetrieb die Fenster- Türen und andere Holzarbeiten verantwortlich herstellte, bekam statt einer Lohnerhöhung eine Blechplakette. Danach ging er in das Kraftwerk Trattendorf, weil er dort etwas mehr verdiente und half bei Schwerstarbeit in diesem Betrieb, beim Aufbau der Energieerzeugung. Mit 66 Jahren ging er in Rente und durfte uns dann auch mal 14 magere Tage im Westen besuchen. Als dann meine Mutter starb, wollte er zu uns in den Westen kommen. Voraussetzung dafür war, dass er sein 1936 mühsam mit Sparsamkeit und Fleiß erbautes Haus an den Staat verschenken sollte. Meine Tante, die Schwester meiner Mutter, übernahm mit ihrem Mann das Haus und rettet so das Familienvermögen aus der rechtlosen Kommunismus-Zeit, über die Deutsche Einheit hinweg in die Bundesrepublik.

Durch Gehirn einschalten,
vermeidet man schuldhaftes Verhalten.

Rei©Men2021

Als er dann nach dem Tode meiner Mutter, zu uns in den Westen umziehen wollte, fiel er weiteren Repressalien des DDR-Regimes zum Opfer. Unter den wenigen Habseligkeiten, die mein Vater damals als er zu uns nach Backnang kam, mitgebracht hatte, war auch dieser Schrank von Bertha Menzel, seiner Mutter. Wenn seiner Zeit „die Mädchen" in Stellung gingen, bekamen sie meistens einen eigenen handgefertigten Holzschrank für ihre persönlichen Sachen mit auf den Weg. Heute steht er im Wohnzimmer unseres Sohnes Jürgen, in Esslingen und dient abgebeizt als Musikregal. Die elfenbeingestrichene Tür steht wohl noch im Keller seines Hauses. Wie der Schrank allerdings den Krieg überstanden hat, ist mir nicht überliefert, denn das Haus in dem die alten Menzels zuletzt in Spremberg wohnten, ist im Krieg abgebrannt. Jedenfalls stand er immer bei uns im Haus in Spremberg im Wiesenweg auf dem Treppenabsatz. Ich nehme daher an, dass mein Vater ihn von seiner Mutter geschenkt bekam, als er nach Spremberg übersiedelte und einen Schrank für seine Habseligkeiten benötigte. Es kann aber durchaus sein, dass er ihn von einer seiner Schwestern erhielt, die ja vor ihm nach Spremberg kamen. Damals wohnte er in der jetzt abgerissenen und neu bebauten Töpfergasse in meiner Heimatstadt Spremberg N/L, gegenüber der ehemaligen Sattlerei Seifert. Er erzählte manchmal aus dieser Zeit, dass er am Samstag gern tanzen ging und dann den Sonntag bis zum Montag durchgeschlafen hat.

Danach wollte ihn unser Sohn Jürgen für seine erste Wohnung haben, er hatte sich wohl in das alte Möbelstück verliebt, als er ein paar Ferien-Wochen bei seinen Großeltern in Spremberg verbrachte.

Als mein Vater dann zu uns in den Westen kam, packten wir den Schrank in unseren Toyota-Combi und in ihn hinein, seine Kleidung und die Wäsche. An der DDR-Grenze mussten wir ihn ausräumen. Alles wurde kontrolliert, man suchte nach Geld und Schmuck, fand natürlich nichts, weil er sein ganzes anderes Hab und Gut: Haus, Grundstück und seine Bienen in der DDR lassen musste. Er hatte alles verschenkt, nur um bei uns seine letzten Tage verbringen zu können. Der Schmuck war schon vor der Ausreise registriert worden, trotzdem drangsa-

lierten sie ihn, den 77jährigen, der ein gutes Stück seines Arbeitslebens für den „Aufbau des Sozialismus" geleistet hatte. Nach zwei Stunden Kontrolle und Befragungen, fing er an zu zittern und zu weinen. Ich hatte meinen Vater nie im Leben weinen sehen. Er war ein harter Mann, durch Armut, Arbeit und Krieg gestählt, aber weinen! Zum Teufel mit diesen DDR-Grenz-Arschlöchern, mir platze der Kragen und ich machte mir lautstark Luft. Holen sie sofort ihren Vorgesetzten, jetzt reicht es, wollen sie den alten Mann umbringen? Es ist jetzt 15 Uhr und wir haben noch 450 km zu fahren. Nach 10 Minuten, kam dann ein Grenzoffizier, er sagte nur: Herr Menzel, das war doch alles nicht so gemeint, wollen sie einen Kaffee oder einen Cognac. Nein sagte ich, wir wollen endlich weiterfahren!!!!
Ich bin mir heute noch sicher, dass er in den 10 Minuten die Stasi-Akten meines Vaters genauestens studiert hatte, sonst wäre das nicht so schnell gegangen, aber an den Verdiensten meines Vaters für den Aufbau des Sozialismus kam er nicht vorbei, er wurde 3 x als Aktivist der Sozialistischen Arbeiterklasse ausgezeichnet, sonst hätte der Offizier selber Ärger bekommen. Doch nun weiter, nach dem kleinen Ausflug in die alten in DDR Überwachungs- und Drangsalierungs-Zeiten.

Man kann nicht allen ehemaligen DDR-Bürgern schuldhaftes Verhalten vorwerfen, aber niemand hatte sie gezwungen in die SED einzutreten. Die als Zwangsvereinigung von KPD und SPD, den beiden schon im Kaiserreich existierenden Arbeiter-Parteien, in der damals noch Sowjetische Besatzungszone genannte, späteren DDR, wurde von den Sowjetischen Besatzungsbehörden mit massivem Druck durchgeführt. Arbeiterführer die sich widersetzten, wurden in Lagern und Zuchthäusern unter massiven physischen und psychischen Druck gesetzt, bis sie nachgaben oder starben. Mein Großvater mütterlicherseits, SPD und Gewerkschaftsmitglied seit 1895, fiel unter die Gruppe derjenigen, die überhaupt nicht gefragt wurden.

Sie wurden automatisch SED-Mitglieder. Allerdings hat er in all den Jahren danach nicht einmal eine einzige Parteiversammlung der SED besucht. So kann man seine Ablehnung auch bestens demonstrieren.

Was folgte, war die Enteignung der wenigen Wirtschaftsbetriebe, die den II. Weltkrieg überstanden hatten. Es folgte die Zwangskollektivierung der Landwirtschaft, mit zunächst katastrophalen Ergebnissen. Handwerk und kleine Geschäftsleute wurden so lange drangsaliert, bis sie aufgaben. Was übrig blieb, stampften dann nach der Wende die Goldgräber und Geschäftemacher aus dem Westen in Grund und Boden. Nicht einmal die Hymne des Johannes R. Becher:

> Auferstanden aus Ruinen
> und der Zukunft zugewandt,

blieb übrig, die DDR-Bürger standen buchstäblich nur noch mit Hemd und Hose da und durch die Dächer über ihren Köpfen, pfiff der Wind und tropfte das Wasser. Aber der zweite Teil Deutschlands machte sie zu wohlhabenden, Mitbürgern der mühsam wieder aufgerichteten Bundesrepublik. Für diesen Kraftakt sollten sie den Menschen der Bundesrepublik ein wenig Dankbarkeit zeigen. In den vergangenen 30 Jahren ist mir keiner dieser Zeitgenossen aus der ehemaligen DDR begegnet, der sich auch bei den 3,8 Millionen Menschen, die diesen Unrechtsstaat verließen, zu denen auch meine Frau und ich gehören und damit auch an diesem Neubeginn mit Fleiß und Herzblut mitarbeiteten, auch nur andeutungsweise bedankten.

„Du bist ja damals abgehauen.“

***

Wenn Ihnen mein Buch gefallen hat, möchte ich Sie bitten eine Bewertung abzugeben. Gehen Sie in die Büchershops, schreiben Sie Horst Reiner Menzel, klicken Sie das betreffende Buch an und wählen Sie Rezension. Schreiben Sie eine Bewertung und nicht vergessen, vermutlich müssen Sie Sterne vergeben.

Vielen Dank für Ihre Mühe.

Der Autor

Leser-Informationen

Horst Reiner Menzel wurde am 14. September 1938 in Spremberg in der Mark Brandenburg geboren. Nach dem Besuch der
Schule und dem Abschluss einer Handwerks-Lehre war Menzel
in den Jahren von 1953 bis 1959 im Kanu-Leistungssport aktiv.
Er verließ 1959 die DDR, weil ihm die Ausbildung zum Meister
und auch ein Studium der Holztechnologie verwehrt wurden,
vermutlich Sippenhaft, weil sein Onkel von 1949 bis 1954 als politisch Verfolgter in Torgau und Bautzen einsaß. Menzel arbeitete dann in der Bundesrepublik in einem größeren Handwerksbetrieb als technischer Leiter und begann eine kaufmän-
nische Ausbildung, in deren Anschluss er von 1959 bis 1980 als
Angestellter und Betriebsleiter, in diesem Betrieb tätig war. Ab
1980 führte Menzel zusammen mit seiner Frau Doris einen eigenen selbständigen Handwerksbetrieb, bis er im Jahre 2003
den Betrieb an seinen Schwiegersohn übergab, in Pension ging
und sich dem Schreiben widmete.

Hobbys: Sport - Musik - Schach - Schreiben – Bücher

Veröffentlichungen:

Im BoD-Verlag Norderstedt und Amazon Verlag,
Taschenbücher und E-Books deutschsprachig,
and Publications as Paperbacks Kindle E-books english.

1
Gedichte und Aphorismen erzählen Geschichten
Nachdenkliches für Mußestunden
ca. 175 Gedichte 500 Aphorismen u. Epigramme
Herstellung und Verlag: BoD - Books on Demand, Norderstedt
Taschenbuch ISBN: ISBN-9783753440156

2
Deutsch-Amerikanische Familien-Saga
Eine Familien-Saga erzählt die Geschichte der Auswanderer,
von Siedler-Trecks, Goldgräbern und Farmern,
von den Kriegsereignissen und der Nachkriegszeit.
Taschenbuch ISBN-9783753496986

3
German-American Family-Saga
A family saga tells the story of the emigrants, of settler treks, gold
diggers and farmers, of the war events and the post-war period.
Amazon Paperback: ISBN-9798575985259
Amazon E-Book-Code ASIN-B08PP1FS6F

4
Denkanstöße-Philosophische Betrachtungen
Gesellschaft im Wandel der Zeiten
Herstellung und Verlag: BoD - Books on Demand, Norderstedt
Taschenbuch: ISBN-9783753420615

5

Denkanstöße Philosophische – Betrachtungen
Astronomie – Physik – Universum
Künstliche Intelligenz – Robotik
Herstellung und Verlag: BoD - Books on Demand, Norderstedt
Taschenbuch: ISBN-9783752683417

6

Der ~Blitzschutz~
Die Entstehung einer Branche und ihre Normen-Krise
von 1955 - 2010
Amazon Taschenbuch: ISBN-13: 978-1508509301
Amazon E-Book-Code ASIN-B0098PNPEQ

7

Segelfieber
Fahrtensegler-Roman in der Seemannssprache, welche die harten
Realitäten auf hoher See nicht mit Seefahrerromantik verklärt, son-
dern aufklärt.
Herstellung und Verlag: BoD - Books on Demand, Norderstedt
Taschenbuch ISBN-9783746047720

8

Lebensabschnitte
Episoden-Geschichten, Erinnerungen an den Krieg,
die Nachkriegsjahre, den Neuaufbau Deutschlands.
Herstellung BoD - Books on Demand, Norderstedt
Taschenbuch ISBN-9783753426501

9

Das Verkehrs ABC
Ein Erfahrungsbericht aus 55 Jahren Fahrpraxis
Die häufigsten Fahr- und Denkfehler der
Verkehrsteilnehmer – Wie überlebe ich im Verkehrs-Chaos
Herstellung BoD - Books on Demand, Norderstedt
Taschenbuch ISBN-9783752825053

10

Stalking-Report

Der Jurist definiert Stalking als Nachstellung und Verfolgen einer Person, die solange wiederholt wird, bis das Opfer in seiner physischen oder psychischen Unversehrtheit nachhaltig gestört ist und sich langfristig bedroht und geschädigt fühlt. Der Roman erzählt die Geschichte einer jungen Frau, die anfangs das Geschehen für den Spleen eines abgewiesenen Verehrers hält, sich dann aber bald in ihren Lebenskreisen immer mehr einschränken muss, um den exzessiven Nachstellungen des Stalkers zu entgehen. Die hilfesuchend die Behörden anruft, aber lange Zeit auf taube Ohren stößt. Erst durch ein entscheidendes Ereignis, dass sie selber auslöst, wird sie plötzlich vom Opfer zur Angeklagten.

Herstellung und Verlag: BoD - Books on Demand, Norderstedt
Taschenbuch ISBN-13-9783752641110

11

Paddelfieber und Silberpappeln

Roman und Huldigung an den Kanusport
Paddeln – Freizeit – Freiheit in der Natur genießen.
Eine der wenigen Sportarten, die Welt aus einer anderen Perspektive zu sehen.

Herstellung und Verlag: BoD - Books on Demand, Norderstedt
Taschenbuch mit Farbfotos: ISBN-9783753480824

12

Die Aussteiger-The Dropouts

Oase der Lebensfreude für Zivilisationsmüde
Herstellung BoD Books and Demand und Amazon
Taschenbuch ISBN-9783753462264

13

Elektrofahrrad-Pedelec von A -Z

Ein Erfahrungsbericht für Einsteiger
- Technik - Navigation - Verkehrsprobleme und mehr
Amazon Taschenbuch ISBN-13-978-1508444350
Amazon E-Book-Code ASIN-B00T80UC42

14

Overseas

Overseas erzählt die fiktive Geschichte von Rudolph Kaiser und beschreibt eine für seine Familie unerträgliche Situation in drei Teilen. Die des „Kriminellen", des „Verschwundenen" und die, der „Hinterbliebenen". Eigentlich eine wahre Geschichte, die sich jeden Tag an Land und auf hoher See, in der Berufs- Kreuz- und der Sport- Schifffahrt von Neuem ereignen kann.

Herstellung BoD Books and Demand
Taschenbuch ISBN-9783754326107

15

Die Tuchmacha

Eine leidenschaftliche Heimat-Geschichte beginnend mit dem Erwachen des Industriezeitalters im 19. Jahrhundert der Spremberger Tuchmacherdynastien, erzählt von einem mit Spreewasser getauften Spremberger Horst Reiner Menzel.

Herstellung und Verlag: BoD - Books on Demand, Norderstedt
Taschenbuch mit Farbfotos: ISBN-9783753480503

16

Der Selfmademan

Ein Blitzschutz-König, das war er in seinem Reich und in der Branche, ein Monarch im Tun und Handeln, und er wurde es wahrlich, ohne große eigene Anstrengung und Zutun. Sein Verdienst war es allerdings, immer die richtigen Leute zu finden, die ihn am Ende dorthin brachten was er haben wollte: Viel Geld.

Herstellung und Verlag: BoD - Books on Demand, Norderstedt
Taschenbuch mit Farbfotos: ISBN-9783754325667

17

Kurzgeschichten

Was so alles zusammengekommen ist in einem langen Leben. Geschichten zum Schmunzeln und Nachdenken.

Herstellung und Verlag: BoD - Books on Demand, Norderstedt
Taschenbuch mit Farbfotos: ISBN-9783753453446

18
Das Schwimmbad A B C

Die allermeisten Bauherren sind Schwimmbad-Leien. Es gibt auch nur wenige Architekten, die sich mit der Materie wirklich auskennen. Man verlässt sich gern auf die „Fachleute" respektive Schwimmbad-Errichter-Firmen und steht dann oft schon beim Bau und später bei der Schwimmbadbetreuung einsam und verlassen da. Die Anlage kann durchaus gut und richtig geplant und auch ausgeführt worden sein, doch nun steht man vor der riesigen Aufgabe dieses Technikmonster am Laufen zu halten.

Herstellung und Verlag: BoD - Books on Demand, Norderstedt
Taschenbuch mit Farbfotos: ISBN-9783753454467

19

Die Intercharter-Bootservice and Flying Companie
eine ungewöhnliche gesellschaftspolitische Business-Story.

Herstellung und Verlag: BoD - Books on Demand, Norderstedt
Taschenbuch mit Farbfotos: ISBN-ISBN-9783755735632

20

Die Republikflucht

Eine bewegende Geschichte aus dem Alltagsleben im größten Gefängnis der Weltgeschichte, der DDR-Diktatur, ihrem Zusammenbruch und den zaghaften Versuchen des Neuaufbaus.

Taschenbuch mit Farbfotos: ISBN-9783755753254